L'HOMME
DANS
LA LVNE

L'HOMME
DANS
LA LVNE·

OV
LE VOYAGE CHIMERIQVE
fait au Monde de la Lvne,
nouuellement découuert par Do-
minique Gonzales,
Aduanturier Espagnol, autremét
dit le Courrier volant.

Mis en noſtre Langue, Par I. B. D.

A PARIS,
Chez François Piot, prés la Fontaine
de Saint Benoiſt;
Et chez I. Gvignard, au premier pilier de la
grand' Salle du Palais, proche les
Conſultations.

M. DC. XLVIII.
Auec Priuilege du Roy.

A MONSIEVR
DE DEREMBERG,
SEIGNEVR DE HIRTZBERG, &c.
RESIDENT DE SON ALTESSE
SERENISSIME,
MADAME
LA LANDGRAVE DE HESSE
PRES DE SA MAIESTE'
TRES-CHRESTIENNE.

MONSIEVR;

Le jugement trop ad-
uantageux que vous daignez faire de mes Traductions, deuroit
m'obliger à vous en offrir quelqu'vne, qui fût plus serieuse, &

ã ij

moins soupçonnée de Mensonge
que n'est celle-cy. Mais bien qu'elle ne soit qu'vne Fable; cette Fable pourtant me semble assez belle, pour me persuader qu'elle vous plaira pour estre aussi bien déduitte, que bien inuentée. En effet, MONSIEVR, comme les faux Diamans enchassez auec adresse, recréent plus l'œil, que ne font les vrays grossierement mis en œuure; Ainsi les contes fabuleux bien imaginez, aggréent plus à l'oreille que les Histoires veritables, quand elles font mal debitées. Vous le remarquerez, ie m'asseure, dans la Relation de cét Espagnol depaïsé, qui vient vous déduire icy ses Aduantures. Si vous l'en croyez, Monsieur, il

vous les fera plus grandes incomparablement, que toutes celles des anciens Paladins, & de ces Cheualiers enchantez, fi fameux dans les Romans, où ils fe battent encore en peinture. Mais il vous entretiendra fur tout de fes voyages en l'air (où furpaffant la valeur d'Hercule, il a défait plus d'vne Chimere) & de cette admirable Machine de fon inuention, par le moyen de laquelle il a découuert vn nouueau Monde dans le Globe de la Lune.

Voila, MONSIEVR, vn fujet affez diuertiffant, & que l'Autheur de ce Liure, foit Efpagnol, foit Anglois, n'a pas trop mal traitté, ce me femble. Vous en pouuoz juger au vray, pour auoir des fen-

timens si purs, & si nets, qu'ils ne
se trompent iamais en la connoissance des bonnes choses. Cette
notion si excellente, est vn effet
de la solidité de vostre Esprit; cõ-
me la sincerité de vos Actions, en
est vn autre de la Bonté de vostre
Ame. Elle est si grande, MON-
SIEVR, que s'il y a des Vices à la
Cour, vostre Vertu ne les connoist
point. Au contraire, elle se con-
serue incorruptible dans leur cor-
ruption; & se peut dire semblable
à cette Fontaine merueilleuse, qui
passe à trauers les eaux salées, sans
rien perdre de la douceur qui luy
est naturelle. Mais ie ne croy pas
vous bien loüer, MONSIEVR, si
ie ne dis qu'à cét Empire absolu
que vous auez sur les Passions, se

trouuét jointes en quelque temps
que ce soit deux grandes Compa-
gnes, la Moderation, & la Mo-
destie. Vous estes ennemy mortel
de tout ce qui tient de l'humeur
altiere, ou de la fausse galanterie,
& faites les choses auec tant d'ac-
cortise, & de bonne grace, qu'en
vous se trouuent aduantageuse-
ment toutes les qualitez necessai-
res à bien reüssir, soit parmy les
Caualiers, soit parmy les Dames.
Aussi, à vray dire, MONSIEVR,
iamais homme ne fut mieux que
vous, ny dans l'approbation des
honnestes gens, ny dans leur esti-
me; & iamais personne ne les en-
tretint si agréablement que vous
faites. Vostre Conuersation est vn
Aimant inuisible, qui les attire

ſi bien à vous, qu'ils ſe font eux-
meſmes vne douce violence, pour
en eſtre inſeparables. Que ſi dés
Vertus morales, qui ſont vos plus
cheres delices, il faut paſſer aux
Politiques; qui ne voit, MON-
SIEVR, auec quels ſoins vous les
cultiuez, & combien vous auez
l'Eſprit agiſſant au maniment des
grandes affaires? Eſt-il quelque
vigilance pareille à la voſtre dans
le glorieuxEmploy que vous donne icy MADAME LA LAND-
GRAVE DE HESSE, merueille de
ſon Sexe, & de noſtre Siecle, comparable aux Heroïnes les plus Il-
luſtres, ſoit en force d'Eſprit, ſoit
en grandeur de Courage. Quelles
aſſiduitez ne rendez-vous point à
tout ce qui regarde le ſeruice de

EPISTRE.

SON ALTESSE, & de ce genereux PRINCE SON FILS, qui dans la Cour de noſtre grand ROY, & de la REINE REGENTE ſa Mere ; par ſes hautes Qualitez vniuerſellement admirées, & dignes du bon accueil qu'il a receu de leurs MAJESTEZ, a fait voir à tout le Monde , qu'il n'eſt pas moins recommandable pour ſa Vertu, que pour ſa haute Naiſſance. Ainſi , MONSIEVR , ce ne vous eſt pas vne petite gloire, d'eſtre ſi bien que vous eſtes dans l'Eſprit d'vn ſi grand PRINCE; qui vous conſidere comme vne Perſonne dont la Suffiſance & la Probité luy ſont de long-temps connües. Mais ie ne voy pas que voſtre Modeſtie s'oppoſe aux

EPISTRE.

loüanges que ie vous donne, bien qu'elles soient legitimes ; & que d'ailleurs, ie ne sçaurois les déduire toutes, à moins que de sortir hors des bornes d'vne iuste Lettre. Ie finis donc celle-cy, MONSIEVR, par cette bonne opinion que i'ay de moy-mesme, qu'entre tous les Hommes que vos merites extraordinaires vous ont acquis, ie ne pense pas qu'il y en ait aucun qui vous honnore dauantage, ny qui soit plus veritablement que moy,

MONSIEVR,

Vostre tres-humble, &
tres-obeyssant seruiteur,
I. BAVDOIN.

ADVIS DV TRADVCTEVR.

SI vous auez iamais veu, Lecteur, ou la vraye Histoire de LVCIAN, ou l'Vtopie de THOMAS MORVS, ou la nouuelle Atlantique du Chancelier BACON; Ie ne doute nullement que vous ne mettiez en ce genre d'escrire cette Relation, qui n'est pas moins ingenieuse que diuertissante. I'en ay eu l'Original de Monsieur D'AVISSON, Medecin, des mieux versez qui soient aujourd'huy dans la conoissance des belles Lettres, & sur tout de la Philosophie naturelle. Ie luy ay cette obligation entre les autres, de m'auoir non seulement mis en main ce Liure en Anglois, mais encore le Manuscrit du sieur THOMAS D'ANAN, Gentilhomme Escossois, recommandable pour

sa Vertu, sur la Version duquel i'ad-
uoüe que i'ay tiré le plan de la mienne.
Telle qu'elle est, ie vous la donne, Le-
cteur, accommodée à nostre façon d'es-
crire, dans vne Narration sans affete-
rie, & aussi naïue, que la Matiere le
peut permettre. Ne me blasmez point
au reste, si i'ay retranché d'vn si petit
Ouurage, les Complimens Latins de
GONZALES à IRDONOZVR, pour-
ce qu'en vn sujet si peu serieux, comme
est celuy-cy, i'ay creu ne pouuoir auec
bien-seance, entre-mesler des Realitez
à des Aduantures imaginaires. A Dieu.

C'Est icy, Lecteur, l'essay d'vn Caprice, où, si ie ne me trompe, l'Inuention & le Iugement ne se rencontrent pas mal ensemble. I'appelle cét Ouurage vn Caprice, pource qu'il est en effet vne Creature de la Fantaisie. Aussi ne crois-je pas que l'intētiō de l'Auteur ait iamais esté, d'en tenir pour veritables toutes les particularitez, & les circonstāces. Il suffit que tu luy laisses la liberté d'imaginer, comme il te la laisse de juger de ce qu'il imagine. Possible que ce nouueau Monde qu'il te découure, ne trouuera pas vn

meilleur accueüil en ton opinion,
que fit d'abord celuy de *Colomb*,
dans les sentimens de tous les Esprits de son Siecle ; Et toutesfois,
ces grandes terres de l'Amerique,
dont il y eu le premiere Idée, par-
uenuës à la cõnoissance des hommes, ont receu depuis vne infinité
de nouuelles Colonies ; Et quoy
qu'elles fussent alors inconnuës, si
est-ce qu'enfin il s'est verifié depuis, que l'estenduë n'en est pas
moins vaste, que celle de tout le
reste du Monde. Que si cela ne te
persuade assez bien, tu n'as qu'à
te representer, que ce qui est veritable touchant les Antipodes, a
esté autrefois vn aussi grand Para-
doxe que celuy-cy ; *Qu'il y a dans*
la Lune diuers Peuples qui l'habitent,

& qui se gouuernent entr' eux d'vne fa-
çon differente de la nostre. Mais apres
tout, ce font chofes dont les ho-
tions femblent auoir efté particulierement referuées au Siecle où
nous fommes. Car il eft fi clair-
voyãt, que nos *Galileiftes* peuuent
auec leurs Lunettes remarquer des
taches au corps du Soleil, & difcerner des Montagnes dans le Globe
de la Lune. Tu en apprendras dauantage au difcours fuiuant, que
j'expofe auffi volontiers à ta Cen-
fure, qu'à la lumiere du iour, qui
découure tout.

Extraict du Priuilege du Roy.

PAR grace & Priuilege du Roy, il est permis à *François Piot*, Marchand Libraire en l'Vniuersité de Paris, d'imprimer ou faire imprimer, vendre & debiter vn Liure intitulé *L'Homme dans la Lune, ou le voyage Chimerique fait au nouueau Monde de la Lune, par François Gonzales, &c.* & ce durant l'espace de cinq ans; auec deffences à tous autres d'imprimer, faire imprimer, vendre ny distribuer ledit Liure d'autre impression que de celle dudit Piot, sur les peines portees par le Priuilege. Donné à Paris, le dernier iour de Fevrier 1648. Par le Roy en son Conseil. Signé, CONRART.

Acheué d'imprimer le 16. Mars 1648.

Les exemplaires ont esté fournis.

L'HOMME
DANS LA
LVNE

TOVTE l'Andaloufie connoiſt mon nom, & ſçait que ie ſuis Dominiqve Gonzales, Gentilhomme de Seuille, Ville des plus celebres d'Eſpagne, où ie naſquis, l'an 1552. Mon Pere s'appelloit Therand Gonzales, qui du coſté maternel auoit l'honneur d'appartenir de fort prés à Dom Pedro Sanchez, ce valeureux Comté d'Almenare, ſi glorieux pour ſes memorables faits d'armes. Quant à ma Mere, elle eſtoit fille du fameux Iuriſconſulte Otho Perez de Sallaueda, Gouuerneur de Barcellone, & Preſident de Biſcaye. I'eſtois le plus jeune de dix-ſept enfans qu'ils auoient eus; & ils m'enuoycrent aux Eſcoles, en intention de me faire d'Egliſe. Mais Dieu qui me reſeruoit pour vne autre fin, m'inſpira d'employer quelques années à la guerre; au temps que le redoutable, & renommé Dom-Fernand, Duc d'Albe, fut enuoyé Gouuerneur aux Pays-bas, l'an de grace 1568.

Me laiſſant donc emporter au

courant de mon premier deſſein,
ie quittay l'Vniuerſité de Salamanque, où mes parens m'auoyēt
enuoyé; & ſans me declarer à pas
vn de mes meilleurs amis; ie m'en
allay par la France droit à la Villé
d'Anuers, où j'arriuay en aſſez
mauuais équipage, au mois de
Iuin, l'an 1669. Cela m'obligea de
faire, comme l'on dit, de neceſſité vertu; ſi bien que de mes liures
que ie vendis, de la garniture de
ma chambre, & de quelques autres hardes qui m'eſtoient reſtées,
ayant tiré de bonne fortune enuiron trente ducats, ie trouuay
moyen d'y en adjouſter encore
vingt, que quelques amis de mon
Pere me preſterēt. D'vne partie de

cette fomme, ie m'acheptay vn Bidet ; auec lequel le bon-heur, voulut que ie voyageaffe plus vti-lement que nos jeunes Gentils-hommes n'ont accouftumé de fai-re. Ce bon-heur pourtant me vint d'vne fafcheufe auanture. Car ie fus arriué bien à peine à vne lieüe d'Anuers, que ic fis rencontre de cette maudicte engeance de Vo-leurs , qu'on appelle commune-ment *Gueux*, qui fe jettans fur ma fripperie, m'ofterent mon cheual, & tout mon argent.

Me voyant ainfi defnué de tou-tes commoditez, la neceffité, qui n'a point de loy, me confeilla de prendre party auec le Marefchal de Coffé, Seigneur François, af-

fez connu d'vn chacun. L'employ
que j'auois prés de luy, eftoit, à
vray dire, tres-honorable; & n'en
defplaife à mes Ennemis, qui pu-
blierent depuis à mon grand des-
auantage, que i'eftois vallet de fon
Pallefrenier. Mais on fçait bien le
contraire; & ie m'en rapporteray
toûjours à ce qu'en diront le Com-
te de Manfeld, Monfieur Tanier,
& plufieurs autres perfonnes irre-
prochables, qui ont tefmoigné
fouuent à des gens d'honneur encore viuans, la pure verité de cecy. Elle eft en effet, que Monfieur
de Coffé, qu'on auoit enuiron ce
temps-là, deputé vers le Duc d'Albe, Gouuerneur des Pays bas,
ayant ouy parler de ma naiffance,

& de ma derniere difgrace, jugea
que ce ne luy feroit pas peu d'honneur, d'auoir à fa fuitte vn Efpagnol de ma condition. Il mit donc
ordre, que tant que ie ferois à luy,
ie ne manquaffe ny d'armes, ny
do cheuaux, ny de toute autre
chofe dont i'aurois befoin ; &
apres que i'eus apris la langue
Françoife, voyant que ie n'efcri-
uois pas mal, il me tint en qualité de Secretaire. Que fi quelque-
fois, en temps de guerre, & en
cas de neceffité, ie penfois moy-
mefme mon cheual, ce n'eft pas
chofe, à mon aduis, que l'on
doiue m'imputer à blafme : Au
contraire, i'en fuis d'autant plus
à loüer, que le deuoir d'vn

vray Cauallier, eſt, ce me ſemble, de ne point negliger les
moindres offices, quand il y va du
ſeruice de ſon Maiſtre.

La premiere occaſion où ie me
trouuay, fut contre le Prince d'O-
range ; quand ce meſme Mareſ-
chal, mõ intime amy, l'ayant ren-
contré du coſté de France, le mit
en fuitte, & le chaſſa iuſques aux
murailles de Cambray. Ma bonne
Fortune voulut alors, que ie fiſſe
mon priſonnier de guerre, vn des
Genſ-darmes de l'Ennemy, dont
ie tuay le cheual à coups de piſto-
let. Le Maiſtre meſme en fut bleſ-
ſé à la jambe; & bien qu'aſſez le-
gerement, ſi eſt-ce que ne pouuant d'abord ſe remuer, il fut con-

traint de se rendre à ma discretiõ.
Ie me seruis de cét auantage, pour
le dépescher, comme ie fis, voyãt
bien que i'auois affaire à vn Rustre
beaucoup plus fort que moy, &
qui estoit homme à me mal-trait-
ter, s'il pouuoit vne fois se r'auoir.
Ie luy ostay donc auec la vie, vne
grosse chaisne d'or, quantité d'argent, & plusieurs autres bonnes
nippes, le tout valant bien trois
cens ducats.

Ma bource enflée de ce butin,
m'enfla tout aussi-tost le courage,
& fit, que me souuenant de mon
antique noblesse, ie me détachay
du seruice de Monsieur de Cossé,
lequel ie payay d'vn *Baza las manos.* L'Ambition me donna des

aiſles, pour m'en aller à la Cour
du Duc, où i'auois pluſieurs de
mes parens. L'eſclat de mon or
leur reſiouyt la veuë; & en ſuitte
du fauorable accueil qu'ils me firent, les obligea de me chercher
quelque employ, qui fut digne de
ce que ie vallois. En effet ils m'en
trouuerent vn chez ce Prince, au-
pres duquel ie me vis dans peu de
temps en aſſez bonne poſture. Il
n'y auoit qu'vne choſe qui me dé-
pleuſt en luy; qui eſtoit, qu'il me
railloit à tout coup ſur les deffauts
de ma perſonne, & qu'il irritoit
ma patience par ce reproche, qui
toutesfois ne pouuoit eſtre qu'in-
juſte: Car bien qu'il faille aduoüer
que la Nature m'a fait d'vne taille

des plus petites du monde ; Cette
taille pourtant n'eſt pas de ma façon, mais du plus grand de tous
les Ouuriers : Voila pourquoy, ſi
ie ne me trompe, Monſieur le Duc
ne deuoit pas faire de ce deffaut
vn ſujet de mocquerie, pour des-
honorer vn Gentilhomme, tel que
ie ſuis. Ma cōdition meritoit bien
qu'il me traittât vn peu mieux ;
& ie veux croire ſans vanité, que
les choſes qui me ſont depuis ad-
uenuës, verifient aſſez, que les
plus belles entrepriſes peuuent
quelquesfois eſtre executées par
des corps difformes, ſi le cœur eſt
bon, & ſecondé par les Puiſſan-
ces celeſtes. Or bien que le Duc
me jouaſt ainſi, & qu'il me fiſt

à toute heure des pieçes nouuelles, si est-ce que ie luy tenois toûjours caché le déplaisir que i'en
auois dans l'Ame; D'où il aduint
à mon aduantage, qu'auec vne
secrette contrainte m'accommo-
dant à ses humeurs le mieux que
ie peûs, ie me le rendis fauorable
par ma longue patience, Tellement qu'à son retour en Espagne,
qui fut en l'an 1673. ie mis dans ma
bource prés de trois mille ducats,
tant par le moyen de sa faueur, &
de quelques autres conjonctures,
qui me furent assez heureuses, que
par ma propre industrie, naturellement portée à n'oublier pas mes
interests.

Comme ie fus arriué en mon

pays, mes parens, que mon esloi-
gnement auoit mis en peine, furent d'autant plus ioyeux de me
reuoir, qu'ils remarquerent d'a-
bord que i'auois remporté de mõ
voyage dequoy m'entretenir ho-
norablement, sans leur estre à
charge, & sans que pour aduan-
cer ma Fortune, il fust besoin de
reculer celle de mes freres & de
mes sœurs, ny de mes autres plus
proches. Mais pour l'apprehen-
sion qu'ils eurent, qu'il ne m'aduint de le despenser aussi legere-
ment comme ie l'auois gaigné; à
force de m'importuner à toute
heure, ils me firent marier à la fille d'vn Marchand de Lisbonne,
nommé Iean Figuere, homme

d'efprit, & grandement riche. Ie fatisfis à leur commun defir par ce Mariage; & mis non feulement l'argent de ma femme, mais auffi vne bonne partie de mon fonds propre, entre les mains de mon beau-pere, & de ceux aufquels il m'addreffa : de forte que du profit qui m'en reuint, ie vefcus en Gentilhomme, & fort à mon aife, par l'efpace de plufieurs années.

Mais enfin il arriua qu'vn de mes parens, appellé Pedro Delgadez, ayant eu querelle auec moy, pour vn fujet dont il n'eft pas befoin de parler icy, noftre animofité s'accreuft tellement, que toutes les prieres de nos amis ne furent pas capables de nous mettre ia-

mais d'accord. Comme il fallut
donc que ce differend se demef-
laft à la pointe de l'efpée, nous
nous portafmes pour cét effet
tous feuls fur le pré, où le fort des
armes vouluft que ie tuaffe mon
ennemy, bien qu'il fuft incomparablement plus grand & plus ro-
bufte que moy. Toutesfois mon
courage à ce befoin fupplea fi biẽ
à ma foibleffe, qu'encore qu'au-
pres de luy ie ne paruffe qu'vn
Nain; fi eft-ce que par mon agili-
té, jointe à mon adreffe, ie vins à
bout de fa taille de Geant. Cette
action s'eftant paffée à Carmone,
me fit incontinant refoudre à la
fuytte; Comme en effet ie la pris
du cofté de Lisbône, auec deffein

de m'y tenir caché parmy les amis
de mon beaupere, en attendant
que cette affaire s'accommodaſt
à l'amiable, du conſentement de
mes parties.

Ce que ie raconte icy aduint
en l'année 1596. juſtement au tẽps,
qu'vn de nos Nauigateurs reuenu
des Indes, ſe mit à eſtourdir tout
le monde du bruit formidable de
ſes pretẽdus triomphes. Car quoy
qu'il euſt eſté battu ſur la mer, &
que les Anglois luy donnant la
chaſſe, ſe fuſſent faits maiſtres de
la meilleure partie de ſon équipage; il fut ſi Fanfaron neantmoins,
qu'apres cette perte, il oſa bien ſe
vanter d'vne grande victoire, qu'il
diſoit auoir gaignée ſur eux, vers

l'Ifle de *Pines*, comme il le publia
depuis dans la declaration expref-
fe qui en fut imprimée.

Mais pleuft à Dieu que la Fourberie & la Vanité euffent efté les
plus grandes de fes fautes ! fon
Auarice me fembla la pire de toutes, & par elle-mefme ie me vis
fur le poinct d'eftre ruyné tout à
fait. Cela n'eft pas arriué pourtant;
Au contraire, ce qui me fembloit
vne difgrace bien grande, s'eft
trouué depuis vne faueur figna-
lée, & vn vray moyen d'éternizer
ma memoire. La raifon eft, pource que de là s'eft enfuiuie vne
auanture, qui ne doit pas feulement tourner à ma gloire, mais au
commun bon-heur de tous les
mortels,

mortels. Car apres le merueilleux
voyage que j'ay fait fans y penfer,
fi par vn heureux Deftin ie puis
retourner au lieu de ma naiffance,
pour y debiter les grandes chofes
que j'ay veuës; ie ne doute point
que tous ceux des fiecles à venir
ne profitent de la connoiffance
que ie leur en donneray.

Prenez feulement la peine de
lire icy ce que i'en efcris; & vous
trouuerez que par des inuentions
qui furpaffent l'humaine créance,
j'ay fait des rencontres fi fauorables, & defcouuèrt de fi beaux fe-
crets, qu'il eft impoffible que le
public n'en receüille vn grand
fruit, s'il en veut vfer fuiuant mes
inftructions. Vous verrez par leur

B

moyen les hommes fendre les
airs, & voler sans aisles. Il ne tien-
dra qu'à vous, sans bouger, &
sans l'aide de personnne, d'enuoyer en diligence des Courriers
où vous voudrez, & d'en auoir
la réponce tout à l'heure. En
quelque lieu que demeure voſtre
Amy, ſoit dans la ſolitude, ſoit
dans les Villes les mieux peuplées,
il vous ſera facile de luy deſcou-
urir vos penſées, & de faire quantité d'autres choſes encore plus
admirables. Mais ce qui vaut plus
que tout le reſte, eſt que par ces
meſmes enſeigñemens vous aurez connoiſſance d'vn nouueau
Monde, & de pluſieurs rares effets de la Nature, qui iuſques icy

nous ont esté cachez, & mésme
inconnus aux plus anciens Philosophes, qui n'y ont pas seulement
pensé.

Pour réuenir donc à mon Discours, ie vous diray que cét impe-
rieux Cappitaine, dont i'ay n'a-
guere parlé, tesmoignant en apparence vn extrême regret de la
mort de Delgadez, duquel en effet il estoit vn peut parent, se mon-
stroit inexorable dans les pour-
suites qu'il en faisoit; que s'il
souffroit quelquesfois qu'on luy
parlast d'accord, & qu'on l'en
priast, ce n'estoit qu'à condition
de n'auoir pas moins de cinq cens
ducats, afin de se desister de toutes
poursuittes. Comme i'auois donc

vne femme, & deux fils d'elle, que
ie ne voulois point rendre mifera-
bles, pour fatisfaire à l'auarice de
ce Fafcheux, & de fes Affociez; ie
fus contraint de ceder à la necefli-
té, qui me fit refoudre de m'em-
barquer dans vne bonne Carraque, qu'on auoit frettée pour le
voyage des Indes. Ie pris deux
mille ducats, auec deffein d'en
trafficquer; & en laiffay autant à
ma femme & à mes enfans, pour
n'eftre point depourueus tout à
fait, s'il arriuoit faute de moy.

Durant mon fejour aux Indes,
i'employay ce que i'auois d'argent
en ioyaux de toutes fortes, principalement en efmeraudes, en dia-
mants, & en groffes perles : Ie les

auois à ſi bon marché, que le traf-
fic ne m'en pouuoit eſtre que tres-
profitable; ſi bien que le tout enſemble eſtant arriué à bon port en
Eſpagne, me rapporta de gain dix
pour vn, du moins on me le fit
ainſi entendre. Cependant ie me
ſeruis de l'occaſion qui ſe preſenta
de m'en retourner en mon païs, &
m'embarquay pour cette fin auec
pluſieurs Marchands. Mais bien à
peine euſmes-nous doublé le Cap
de bonne Eſperance, que ie fus
ſaiſi d'vne maladie qui me dura
long-temps; & de laquelle ie fuſſe mort indubitablement, ſi nous
n'euſſions deſcouuert de bonne
fortune la belle Iſle de *Sainte Hé-
leine*, que ie ne feindray point de

nommer le Paradis de la terre.
Car outre que l'Air y est extremément sain, son terroir, le plus fer-
tile du monde, y produit en abondance les meilleures choses que
l'on puisse voir, & les plus neces-
saires à l'entretenement de la vie
humaine. Ce que ie tascherois en
vain de prouuer icy, puis qu'il
n'est point de si petit garçon en Espagne, à qui les beautez de cette
Isle ne soient connües, pour en
auoir ouy parler hautemēt. A raison dequoy ie ne m'estonne pas
sans sujet, de ce que nostre Roy
ne s'est point encore aduisé d'enuoyer des Colonies, & de bastir
des forts en ce lieu là, estant si
cōmode pour le rafraischissemēt

de tous ceux qui voyagent aux Indes, qu'il est comme impossible d'aller iusques là, sans y prendre terre.

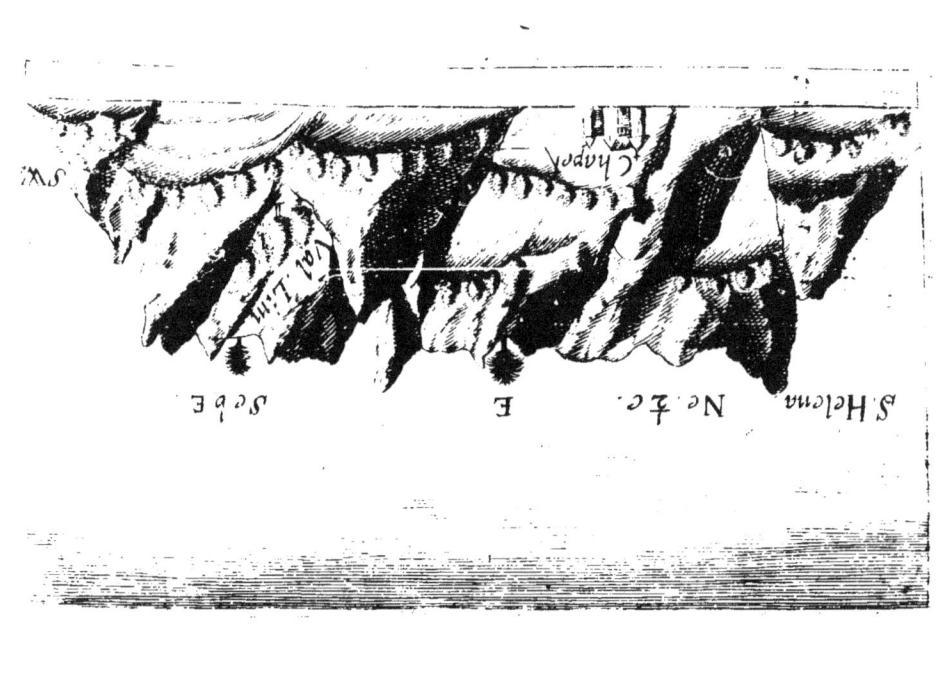

Cette Isle est à quinze degrez de hauteur vers le Sud , & peut auoir de circuit enuiron neuf milles d'Italie, sans qu'il y ait aucune terre ferme à trois cens lieuës prés, ny vne seule Isle à cent. Tellement qu'il semble que ce soit vn prodige de la Nature , que dans vn Ocean si orageux, & de si grande estenduë, se descouure aux yeux vne si petite piece de terre. Il y a du costé du Sud vn tres-bon Havre, enuironné de plusieurs loges, que les Portugais y ont faites, pour la commodité des Nauigateurs. Parmy ces Bastiments est remarquable vne petite Chappelle embellie d'vne haute Tour, & d'vne Cloche au dedans. Adjoustez y,

que non loing de là coule vn ruiſ-
ſeau tres-commode , pour eſtre
d'eau douce , & grandemement
fraiſche. Ie ne parle point de pluſieurs belles allées , qui s'y voyent
faites à la main , & bordées des
deux coſtez d'vne grande quantité de beaux arbres , principalemét
d'Orangers , de Citronniers , de
Grenadiers , & de leurs ſemblables, qui portent du fruit toute
l'année ; comme font auſſi les Vi-
gnes les Figuiers, les Poiriers de
diuerſes ſortes, les Pruniers , & les
Oliuiers. Là meſme i'ay remarqué
de ces fruits que nous appellons
vulgairemét *Damaxelas*; Il eſt vray
qu'il s'y en trouue fort peu ; mais
pour des pommes il n'y en a point

du tout. Au contraire, les herbes
les plus communes dans nos Iar-
dins, comme le Perfil, le Pourpié,
le Rofmarin, les Laitues, & ainfi
des autres, y viennent en abõdan-
ce; de mefme que les legumes, ou
le grains, tels que font le four-
ment, l'orge, les pois, & les fe-
ues, que la terre produit fans eftre
femez. L'on en peut dire autant
du beftail, cette Ifle en eftant peu-
plée plus que toute autre ; mais
particulierement de cheures, de
porcs, de moutons, & de cheuaux
d'vne viftefle extraordinaire; Cõ-
me encore, de perdrix, de poules
de bois, ou de faifans, de pigeons,
ramiers, & de toute forte de gibier. Ces oyfeaux de diuerfes efpe-

ces s'y font remarquer en quelque
temps que ce foit. Mais on y voit
fur tout aux mois de Ianvier & de
Mars, vne prodigieufe quantité
de Cignes fauuages, dont i'auray
fujet de parler plus amplement cy-
apres ; lefquels, comme nos Cou-
cöus, & nos Roffignols, s'éua-
nouïffent, & ne font plus vifibles,
en vne certaine faifon de l'année.

En cette heureufe Ifle on mo
mit à terre auec vn Negre, qu'on
me donna pour me feruir durant
ma maladie. Dieu voulut qu'elle
fe changeaft en fanté bien-toft
apres ; & ie croy que la tempera-
ture de l'air y côtribua beaucoup,
en vne fi agreable folitude. I'y demeuray vn an tout entier, durant

lequel ne pouuant m'appriuoiſer
auec les Hommes, puis qu'il n'y en
auoit aucuns, ie cherchay à me di-
uertir parmy les oyſeaux, & les
beſtes ſauuages. Quant à mon
Negre, qui s'appelloit Diego, il
fut contraint de prendre logis dãs
vne Cauerne, qui eſtoit au bout
de l'Iſle ; & hors de laquelle il ſor-
toit de temps en temps, pour s'en
aller chercher à viure de ſon coſté,
comme ie faiſois du mien. Que ſi
la chaſſe de l'vn auoit bon ſuccez,
il en aſſiſtoit ſon compagnon ; ſi-
non, la neceſſité nous reduiſoit
tous deux à nous en paſſer le
mieux que nous pouuions. Cela
n'arriuoit neantmoins que fort ra-
rement, n'y ayant là point d'Ani-

mal, qui s'enfuye de deuant vn
homme; qu'il ne s'efpouuäte non
plus de voir, qu'vn bœuf, vne
cheure, ou quelqu'autre befte
femblable.

Cela fut caufe que ie trouuay
l'inuention d'appriuoifer aifémēt
des quadrupedes & des oyfeaux
de differentes efpeces; ce que ie
faifois en peu de temps, par le
moyen d'vne mufelicte que ie leur
mettois, qui les contraignoit de
venir à moy, ou à Diego, quand
ils vouloient paiftre. Au com-
mancement ie prenois vn extrême plaifir à me feruir en mes di-
uertiffemens de certaines perdrix,
à peu prés femblables aux noftres;
& d'vn Renard priué que i'auois:

car toutes les fois que ie voulois
conferer auec Diego, ie prenois
vn de ces oyſeaux,que la faim preſ-
ſoit, & luy attachois au col vn petit billet; puis ie le chaſſois d'au-
pres de moy, ſi bien qu'il ne man-
quoit pas de s'en aller droit à la
grotte de Diego. Que s'il ne l'y
rencontroit, il ne ceſſoit de vol-
tiger à l'entour, iuſqu'à ce qu'enfin il le trouuoit. Mais pource que
ie pris garde que tels meſſages ne
ſe pouuoiët faire,ſans quelques in-
conueniens, qu'il ſeroit inutile de
rapporter icy; ie perſuaday à Diego (& cela ne me fut pas difficile, dautant que pour ſa merueil-
leuſe accortiſe,il ne ſe rebuttoit iamais des conſeils que ie luy don-

donnois) de s'en aller demeurer
en vn Promontoire , tourné du
costé du Nord , & qui n'estoit
esloigné de l'Isle que d'vne lieuë.
Aussi pouuoit-il de ce lieu là voir
facilement & la Chappelle, & ma
loge; de sorte qu'à la faueur du
temps, quand il estoit calme, &
le Ciel serain, nous auions moyen
de nuit ou de iour, de nous com-
muniquer nos pensées l'vn à l'autre; à quoy j'aduoüe que ie prenois vn incroyables plaisir.

Si de nuit ie luy voulois faire
entendre quelque chose , i'auois
accoustumé de mettre vn fallot
au plus haut de la Tour, où estoit
la cloche; lieu d'assez large estenduë, qui receuoit le iour par les
vitres

vitres d'vne fort belle feneſtre, &
dont les murailles plaſtrées au dedans, paroiſſoient extremement
blanches; ce qui redoubloit ſi fort
l'eſclat de la lumiere, que quand
meſme elle n'euſt pas eſté ſi grande, on n'euſt point laiſſé de voir
encore de bien plus loing, s'il euſt
eſté neceſſaire. Comme dõc mon
flambeau auoit eſté ainſi allumé
ſur la Tour, par l'eſpace d'vne de-
mie heure, ie le couurois, ou le re-
tirois; & ſi ie voyois que mon
homme me fiſt quelque ſignal du
Cap où il eſtoit, ie jugeois par là,
qu'il attendoit auec impatience
de mes nouuelles. Tellement qu'à
l'heure meſme, par l'ordre que ie
tenois à luy cacher, ou luy mon-
C

ſtrer la lumiere de temps en tẽps, ſelon que nous l'auions concerté enſemble, ie luy donnois à connoiſtre tout ce qu'à peu prés ie deſirois. I'auois d'autres inuentions encore, pour l'aduertir en plain iour de mes diuertiſſemens; que ie luy faiſois ſçauoir, tantoſt par vn ſignal de fumée, ou par la pouſſiere que i'eſmouuois, tantoſt par vn moyen plus ſubtil, & beaucoup plus effectif.

Mais dautant que cette ſcience contient des ſecrets & des Myſteres, qu'il ſeroit difficile de rapporter icy ſuccinctemẽt, en ſuitte du peu que i'en ay dit, ie me propoſe d'en faire vn diſcours exprés; Dequoy ie m'aſſeure que tous les

hommes recueilliront vn grand
fruit, s'ils en fçauent vfer à propos:
car ce qu'vn Courrier ne fçauroit
faire en plufieurs iournées, fe fera
en moins d'vne heure, par l'inuention que i'ay à defcrire. I'aduoüe
pourtant qu'encore que ces expe-
riences foient toutes belles, ie ne
laiffay pas neantmoins d'en trouuer quelques vnes, qui m'ennuye-
rent à la longue, pour me fembler
trop penibles; ce qui m'obligea de
reuenir à ma premiere inuention,
de mes Meffagers aiflez, & d'en-
cherir mefine par deffus.

Au bord de la mer, & particulierement vers l'embouſcheure de
noftre riuiere, ie trouuay quantité
de cignes fauuages, tels que ceux

dont i'ay parlé cy-deuant. Ils pais-
soient presque tous ensemble ; &
par vn effet vrayement merueilleux, ils se nourrissoient le vns de
poissons, & les autres d'oyseaux
differens , qu'ils deschiroient à
belles griffes; Car ce qui est bien
estrange, ils en auoient d'aussi cro-
cheuës que les Aigles: mais ce n'e-
stoit qu'en l'vn des pieds , ayant
l'autre comme les cignes l'ont
d'ordinaire. Or dautant qu'il se
trouuoit là vne grande quantité
de ces oyseaux, qui auoient accoustumé d'y couuer leurs œufs,
& de les y faire esclorre ; ie pris en
uiron trente ou quarante de leurs
petits, que i'accoustumay à man-
ger sur le poing, partie pour mon

plaisir, partie pour m'en seruir au
dessein que i'auois, & que ie mis
depuis en praticque. Comme ic
vis donc qu'ils estoient grands, &
capables d'vne longue volée, ie les
dressay premierement au leurre,
& à reuenir, en les reclamant à la
veuë d'vn linge blanc, que ie leur
monstrois. Et certainémét ie trouuay en eux, qu'auec beaucoup de
raison Plutarque soustient, que
les Animaux carnaciers sont les
plus dociles de tous. Ie n'oserois
pas vous declarer ce que ie leur
appris, si ie ne m'y croyois obligé
pour en auoir fait l'espreuue. Ils
n'auoient encore que trois mois,
quand ie les accoustumay peu à
peu à porter en volant, des far-

deaux proportionnez à leur force. Les ayant trouué propres à
cela, plus qu'il n'eſt pas poſſible
de croire, ie les rendis ſi ſçauans
par mon addreſſe ; qu'à chaque
fois que du haut d'vn coſtau, Diego leur monſtroit vn drappeau
blanc, ils ne manquoient pas de
luy porter de ma part du vin, de
la viande, ou telle autre choſe que
ie luy voulois enuoyer ; ny de re-
uoler à moy, ſi-toſt que ie les
reclamois, apres leur meſſage.

Comme ie les eus ſi bien in-
ſtruits, il me tomba dans la fan-
taiſie, de voir s'il n'y auroit pas
moyen d'enp joindre enſemble
quelques vns, & de les accouſtu-
mer à voler, chargez de fardeaux

affez pefans : Car ie me perfuaday
que par ce moyen, ie rendrois vn
homme capable de voler, & de fe
faire porter où il voudroit, fans
qu'il y euft rien à craindre pour
luy. En effet, comme i'eus bien
refvé là deffus, ie reconnus par efpreuue, que plufieurs de ces oyfeaux eftans joints, feroient affez
forts, pour enleuer auec eux vne
charge de pefanteur confiderable.
Ie n'y voyois que cét obftacle,
qu'il feroit impoffible de s'efleuer
tous enfemble à mefme temps,
pource que le premier qui voudroit prendre fon vol, ne le pouuant, à caufe du poids trop lourd,
fe rebutteroit incontinent; le fe-
cond en feroit autant, puis le troi-

fiefme, & ainfi des autres: Pour
empefcher donc que cela n'aduint, & faire en forte qu'vn chacun d'eux fe peuft leuer, auec fon
fardeau, ie m'aduifay de cette inuention.

I'attachay à chacun de mes
Ganfas, (ou fi vous voulez de mes
oyes, ou de mes cignes fauuages)
vn petit morceau de liege, à trauers vne corde affez lõgue; En l'vn
des bouts de laquelle, ie mis vn
billot, du poids d'enuiron huit liures, & en l'autre de deux. Cela
fait; ie donnay le fignal à quatre
de mes oyfeaux, qui s'efleuant auffi-toft, emporterent leur billot
iufques au lieu deftiné. Le bon
fuccez de ce premier effay, m'o-

bligea d'en faire vn second, pour
lequel ie me seruis de trois autres
oyseaux, que i'y adjoustay, afin
de leur faciliter à tous l'enleue-
ment du fardeau que ie m'aduisay,
de leur donner à porter. Ce fut vn
agneau, qui n'estoit pas des moindres, & dont ie confesse que i'en-
uiay le bon-heur, pour auoir esté
la premiere creature viuante, à
qui réussit vne inuention si rare, &
si admirable.

Mais enfin, apres plusieurs es-
fais, ie fus espris tout à coup
d'vn ardent desir, de me faire porter moy-mesme. Diego, mon Negre, n'en eust pas moins d'enuie
que moy; & si ie ne l'eusse consi-
deré, à cause que i'auois besoin

de luy, i'aurois pris son Ambition
en si mauuaise part, que ie m'en
fusse tenu pour offencé ; car i'esti-
me cette inuention de voler incomparablement plus glorieuse
pour moy, que ne fut à Neptune
celle de fendre les vagues de l'O-
cean, sur lesquelles il se hazarda le
premier. Feignant donc de n'imputer point à blasme vn desir si te-
meraire de Diego, ie luy dis que
tous mes *Gansas* ensemble ne pouuoient suffire à le porter ; Aussi ne
mentois-ie point, pource qu'encore qu'il fust, d'vne moyenne
taille, si est-ce qu'il estoit du moins
deux fois aussi pesant que moy.

Ainsi pour me contenter dans
l'extrême passion que i'auois de

prendre vne route, que pas vn des
hommes n'euft encore prife, ie
me fournis premierement de tout
ce qu'il me falloit à peu prés, pour
l'execution de mon deffein; & me
mis en fuitte auec mon attirail, fur
le fommet d'vn rocher, fcitué
droit à l'emboucheure de la riuiere. Alors, tandis que la marée
eftoit haute, me feruant de la machine que ie vous ay cy-deuant
reprefentée, ie commanday à Diego de faire le fignal ordinaire à
mes *Ganfas*, qui fe leuerent tout
auffi-toft, au nombre de vingt-
cinq, & me portèrent en vn autre
rocher, efloigné du bord d'enuiron vn quart de lieuë.

Ie fus bien aife de prendre mon

temps, & de me preualoir de l'a-
uantage du lieu, pour m'eſtre ima-
giné qu'en cette entrepriſe quelque accident inopiné pourroit bié
ruiner entierement . & mes deſ-
ſeins, & mes eſperances. Toutesfois, ie me remis vn peu l'eſprit,
quand ie conſideray , que le pis
qui me pourroit arriuer, ce ſeroit
de tomber dans l'eau, d'où , pour
eſtre excellent nageur, ie me tire-
rois aſſez facilement ; quelque
dangereuſe que ſemblât eſtre ma
cheute. Mais lors que i'eus trajetté
ſans peril , & d'vne nouuelle maniere , ce bras de mer ; i'aduoüe
que ie me ſentis comme tranſpor-
té hors de moy meſme, tant ie fus
joyeux d'auoir inuenté vn artifice

ſi admirable. O Dieu ! combien de fois me ſouhaittay-ie au milieu de l'Eſpagne, pour y remplir le monde du bruit de mon nom ? & combien fis-ie de vœux encore pour la flotte des Indes, afin que paſſant par là fortuiterᵉᵐⁿt, elle pût me ramener au lieu de ma naiſſance ! Mais par vn malheur eſtrange pour moy, la route en fut retardée de plus de trois mois.

Elle paſſa neantmoins, lors que ie ne m'y attendois plus, & ie m'eſtonnay de n'y voir que trois Carraques, qui alloient de conferue, & que la tempeſte auoit tellemēt battues, que ceux qu'elles portoient, affoiblis de laſſitude, & de maladie, furent contraints de

relafcher en noftre Ifle , pour s'y
rafraifchir par l'efpace d'vn mois
entier.

Le Capitaine de la Flotte s'appelloit Alphonfe de Hima , homme vaillant, aduifé , defirei : de
gloire, & digne, à vray dire, d'vne
meilleure fortune, que ne fut celle
qui luy arriua depuis. Ie luy def-
couuris d'abord l'inuention de
mes *Ganfas*, me doutant bien qu'il
feroit impoffible autrement de
luy perfuader iamais de les receuoir en fon Nauire , pource qu'ils
luy feroient incommodes, & pour
la naceffité des prouifions, & pour
le trop grand nombre de paffagers, pour lefquels il n'y auoit pas
de place de refte. M'eftant decla-

ré à luy, j'vsay de toute ma Rhe-
torique, pour luy persuader d'estre
fidele & secret; ce qu'il me pro-
mit en effet, & mesme il s'y obligea par serment. Aussi ne deuois-
ie pas douter du dernier, pour estre
bien asseuré qu'il n'oseroit com-
muniquer mon dessein à personne, auant que le Roy en eust connoissance. Mais pour le premier,
j'aduouë qu'il me mettoit en peine, apprehendant que l'Ambition
de ce Capitaine, jointe au desir
de s'attribuer la gloire d'vne si belle inuention, ne le portast à se def-
faire de moy. Il me fallut donc re-
soudre de ceder à la necessité pre-
sente; ou m'exposer au hazard de
perdre mes oyseaux, qui n'auoiét

point leurs femblables dans le monde. Tellement que pour m'e-ftre abfolument neceffaires, pour mener à bout mon entreprife, s'il falloit qu'ils me manquaffent à ce befoin, i'en deuois tenir la perte pour irreparable. Ma crainte pourtant fe trouua tres-mal fondée; & celuy dont ie me deffiois le plus, me traitta en vray homme d'honneur. Poffible fe doutoit-il auffi, que s'il faifoit autrement, ie luy tendrois quelque piege, dont il fe trouueroit mal; ce qui pouuoit fuffire, comme il fembloit, à deftourner fa mauuaife volonté, s'il en auoit pour moy. Quoy qu'il en fuft neantmoins, noftre route eftoit affez longue iufques en Efpagne,

pagne, pour luy donner moyen
de me jouer vn mauuais party, s'il
l'euſt voulu faire, & ſi noſtre Na-
uigation n'euſt eſté retardée par
l'aduenture ſuiuante.

Le Ieudy vingt-vnieſme de Iuin
1599. nous hauſſames les voiles; &
priſmes la route d'Eſpagne, mais
ce fut apres que i'eus logé mes
oyſeaux aſſez commodément, &
trouué place pour ma Machine,
qu'à cauſe de ſon trop grand embarras, le Capitaine me voulut
faire laiſſer derriere. Et peu s'en
fallut auſſi que ie ne ſuiuiſſe ſon
Conſeil. Mais ma bonne fortune
en diſpoſa tout autrement, & me
ſauuant la vie, me donna de plus
ce que ie prefere à mille vies. ſi

D

ii i'en auois autant : Car ayant vo-
gué deux mois entiers auec vn
vent fauorable , nous fifmes rencontre d'vne flotte Angloife , à
quelques dix licües de *Teneriffe*,
qui eft vne des Ifles Canaries , fa-
meufe par tout le monde, à raifon
d'vne montagne nommée *El-Pico*,
qui fe peut voir & difcerner de
cent lieües dans la mer, qu id elle eft calme.

Nous auions dans nos vaiffeaux,
qui ne manquoient ny de viures,
ny de munitions, cinq fois plus de
gens qu'ils n'en auoient ; tous
hommes bien-faits, fans que pas
vn d'eux fe reffentit des maladies
paffées ; Et toutesfois les voyant
difpofez au Combat, le fouuenir

des richeſſes que nous portions,
nous mit dans l'eſprit, que ce ſeroit prudence de fuir, ſi nous pouuions, pluſtoſt que de reſiſter im-
prudemment à des Ennemis qui
nous alloient attacquer ; que la
rencontre de tels Coureurs de mer
éſtoit dangereuſe, & qu'il ne falloit point hazarder, non ſeulemēt
la vie (qu'vn homme de bien eſtime peu en ſemblables occaſions)
mais la Fortune de pluſieurs pau-
ures Marchands, qui pour n'auoir
ſceu deſtourner le peril dans vne
affaire de telle importance, ſe
trouueroient à l'aduenir entierement ruynez.

Noſtre flotte eſtoit alors de cinq
vaiſſeaux, à ſçauoir de trois Car-

raques, d'vne Barque, & d'vne
Carauelle, qui venant de l'Ifle de
Saint Thomas, auoit par malheur
joint noftre flotte peu de iours auparauant. Les Anglois, qui auoiēt
trois Nauires fort bien équippez,
ne nous apperceurent pas pluftoft,
qu'ils commencerent à tirer fur
nous, & à changer tout à coup de
route, cōmme il fut aifé de juger,
pour nous pouuoir pluftoft joindre; ce qui leur eftoit d'autant plu;
facile, qu'ils auoient le vent en
pouppe; & auec cela des vaiffeaux legers, & bons voiliers,
comme font prefque tous les Nauires Anglois. Les noftres au contraire eftoient fort pefans, foit
pour leur propre ftructure, foit

pour le grand nombre de gens &
de marchandises qu'ils portoient.
Ce qui fut cause que noftre Capitaine se resolut à la fuitte, auec
plus de prudence que de valeur,
& de bonne Fortune. Tout l'ordre que nous eufmes de luy, fut de
nous efcarter les vns des autres.
D'où il aduint que par trop d'em-
preffement, la Carauelle s'emba-
raffa fi fort auec vne de nos Carraques, qu'elle la fracaffa en diuers
endroits, fi bien qu'il fut facile
aux Anglois de la joindre, & de
l'emmener. Cependant nous vif-
mes couler à fonds la Carauelle,
& la Barque s'efchapper heureu-
fement, pource que perfonne ne
luy donna la chaffe. Vne autre de

nos Carraques, fut quelque temps
pourfuiuie par ces Ennemis ; puis
abandonnée par eux - mefmes.
Mais enfin l'efperance du riche
butin qu'ils creurent trouuer parmy nous, les fit tout à coup refoudre de nous affaillir de toutes leurs
forces. Tellement que noftre
Capitaine fut d'aduis de relafcher en l'Ifle prochaine, fi nous en
pouuions trouuer le port ; en intention de fauuer vne partie de
nos biens auec nos vies ; aimant
mieux que le refte fut perdu, que
de confier le tout à la difcretion
de fi rudes Ennemis.

Comme i'eus appris cette réfo-
lution, & confideré que la tour-
mente eftoit grande, joint qu'il y

auoit en cette coſte-là tant de
bancs de ſable & tant de rochers
qui ne paroiſſoient point, que noſtre vaiſſeau pouuoit difficilemēt
aborder la terre, ſans ſe briſer
contre ces écueils ; ie m'addreſ-
ſay au Capitaine, pour luy en dire mes ſentimens. D'abord ie luy
remonſtray, que la route qu'il
vouloit prendre, me ſembloit hors
d'apparance ; qu'en ſe hazardant
de cette ſorte, il agiroit en homme deſeſperé; & qu'il feroit beaucoup mieux de ſe rendre à la mer-
cy des Anglois, que de ſe perdre
luy-meſme, & tant de braues
hommes qui le ſuiuoient. Mais il
ne daigna m'eſcouter, bien loing
de me croire. Surquoy ie fis à l'in-

stant cette reflexion judicieuse,
qu'il estoit temps de songer à
moy. Puis ayant serré dans l'vne
de mes manches ma boite de Pier-
reries, i'attelay mes *Gansas* à leur
Machine, où ie m'ajustay le mieux
que ie pûs, croyant (comme il arriua par bon-heur,) qu'aussi-tost
que le vaisseau viendroit à man-
quer, mes oyseaux ; bien qu'ils
n'eussent aucun signal, ne laisse-
roient pas de se porter d'eux-mes-
mes à gaigner la terre, afin de sau-
uer leur vie, à la conservation de
laquelle il n'est point de creature
qui ne contribue par vn instinct
naturel. L'effet seconda mon es-
perance, & i'en loüay Dieu; tandis que nos Nauigateurs s'estoi-

noient tous de ce que ie voulois
faire, dont pas vn d'eux n'auoit
connoissance, à la reserue du Capitaine; car quant à Diego, il estoit
dans le Nauire nommé *le Rosier*,
sauué fortuitement, comme il a
esté dit, pour n'auoir du tout point
esté poursuiuy des Ennemis.

Nous estions à demy-lieüe de
terre, quand par vn accident dé-
plorable, nostre Carraque pous-
sée contre vn écueil, se fendit incontinent, & commança de faire eau de toutes parts : Ce que ie
n'apperceus pas si-tost, que du plus
haut du tillac où i'estois, ie laschay
les resnes à mes oyseaux. Ils se
leuerent tous à l'instant, & me
porterent à terre ; dequoy vous

pouuez penfer, fi ie n'eus pas vn
fujet d'eftre fatisfait au dernie.
poinct. Mais ce fut pour moy
d'ailleurs vn bien funefte fpecta-
ble, de voir mes compatriotes &
mes amis fi miferablement trait-
tez par la mer. Plufieurs neantmoins s'efchapperent de ce nau-
frage, auec plus de bon-heur, que
par raifon ils n en deuoient efperer; car dans vne extremité fi préf-
fante, les Anglois fe monftrans
plus genereux que nous ne croyôs,
en furent touchez de compaffion,
& firent toutes les diligences ima-
ginables, mefme au hazard de
leur vie, pour receuoir dans les
Chalouppes qu'ils jetterent, ceux
qui eurent affez de force pour les

aborder, en s'oppofant à la violence des vagues. Le General de la
flotte fut le principal de ceux qui
fe fauuerent de ce peril , & luy-
mefme (comme ie l'ay fceu depuis
du Pere *Pacio*,) s'eftant jetté dans
fa chalouppe , auec douze autres,
fut perfuadé par quelques vns de
fe rendre au Capitaine *Rymundo*,
qui le mena , & noftre Pilotte auffi, au nouueau voyage qu'il pre-
tendoit faire aux Indes.) Mais leur
deftin fut fi mauuais, qu'apres s'e-
ftre n'aguere efchappez de la furie
des vagues , ils furent impitoya-
blement engloutis par elles, au
traiect d'vn Golphe, qui eft prés du
Cap de bonne Efperance. Il en refta
neantmoins quelques vingt-fix,

que la Fortune ne traitta pas fi
mal, & qui fur d'autres vaiſſeaux
qui les reçeurent, aborderent biē-
toſt au *Cap verd*, où ils furent mis
à terre.

I'eſtois cependant en vn païs
où ie me croyois en ſeureté, pour
eſtre parmy des Eſpagnols, qui en
habitoient la meilleure partie; biē
qu'il s'en fallut fort peu que ie ne
comptaſſe, comme l'on dit, ſans
mon hoſte. Ie fus pourtant ſi heureux, que d'eſtre porté en cét endroit de l'Iſle, où commance à
s'eſleuer inſenſiblement la montagne dont i'ay parlé cy-deſſus. Elle
eſt en la poſſeſſion d'vne maniere
de gens ſauuages, qui viuent ordinairement le long de ces coſtes.

La neige en couure le fommet en
quelque temps que ce foit ; & fa
hauteur, tant elle eft grande, la
fait eftimer inacceffible aux gens
& aux beftes.

Ces Sauuages, de crainte qu'ils
ont des Efpagnols, auec lefquels
ils ne font iamais fans quelque forte de guerre, demeurent toufiours
le plus prés qu'ils peuuent du fommet de cette montagne, où ils ont
plufieurs Forts, pour s'y tenir en
deffence, & ne defcendent iamais
dans les fertiles vallées, que pour
aller à la picorée; Ie fus bien à peine en bas, que de ces hauts lieux
ils m'apperceurent fortuitement.
L'efpoir du butin qu'ils creurent
faire, les follicita d'accourir à

moy ; mais ils ne le peurent fi cou-
uertement, que ie ne jugeaſſe de
leur deſſein, auant qu'ils m'euſſent approché d'enuiron vn demy
quart de lieuë. Les voyant donc
deſcendre à la haſte du haut du
coſtau, les vns portans à la main
de longs baſtons, & les autres ar-
mez, comme il me ſembloit,
pource que ie ne les pouuois pas
bien diſcerner, à cauſe qu'ils
eſtoient loing ; ie conclus à par
moy de changer de place, & d'ad-
uiſer aux moyẽs de me garẽtir des
griffes de tels Marauds, qui pour
eſtre ennemis mortels de nos Eſpagnols, m'euſſent aſſeurément
mis en pieces, ſi ie fuſſe tombé
dans leurs pieges.

De cét endroit où ie me trouuay pour lors, qui eftoit en la principale aduenuë de la mõtagne, dãs
vn païs plat, & fi découuert, que
rien ne s'oppofoit à la veuë, j'apperceu par bon-heur dans la co-
fte vne maniere de creuaffe, fur
vn terre-plain blanchiffant, qui me
fembla propre à executer ce que
i'auois projetté : car ie me perfuaday que cette blancheur feruiroit
comme de fignal à mes oyfeaux;
& qu'eftans pouflez auec induftrie, ils me pourroient enleuer fi
loing de là, qu'ils ofteroient à ce
Barbares le moyen de m'atteindre, auant que i'euffe gaigné le
logis de quelqu'vn des Efpagnols,
qui faifoient là leur demeure; Ou

qu'à faute de cela, ie pourrois du
moins auoir le temps de me cacher d'eux; en attendant que la
nuit me donnàt moyen de me cõ-
duire, à la faueur des estoilles, iufques à *la Laguna*, capitale de cette
Isle, d'où ie n'estois vray-fembla-
blement qu'à demy-lieuë. Ie me
mis pour cét effet fur ma Machine, & lachay les refnes à mes *Gan-*
fas, qui de bon-heur pour moy
prirent tous vne mefme route,
bien que ce ne fut pas celle où ie
buttois. Mais cela n'importe, Lecteur, aye feulement l'oreille à
l'erte, & prepare-toy d'ouïr la
plus eftrange aduanture qui foit
iamais arriuée. Que fi tu n'as point
affez de bonté pour la croire, fans
                          l'auoir

l'auoir veuë, fie-toy du moins à
ma parole, & t'affeure qu'aux ex-
periences que i'en ay déja faites,
i'efpere d'en adjoûter plufieurs
autres, auant qu'il foit peu de
temps.

Mes *Ganfas*, comme autant de
cheuaux qui auroient pris le frein
aux dents, s'efleuerẽt tout à coup,
& fendirent l'air d'vne viftefle incroyable. I'eus beau les addreffer
du cofté où le terrain eftoit blanc,
ils s'en efcarterent malgré moy; &
par la rapidité de leur vol, me porterent au fommet du *Pico*, où iamais homme n'eftoit monté, pour
auoir, à ce qu'on tient, quinze
lieuës de hauteur, à le prendre per-
pendiculairement.

E

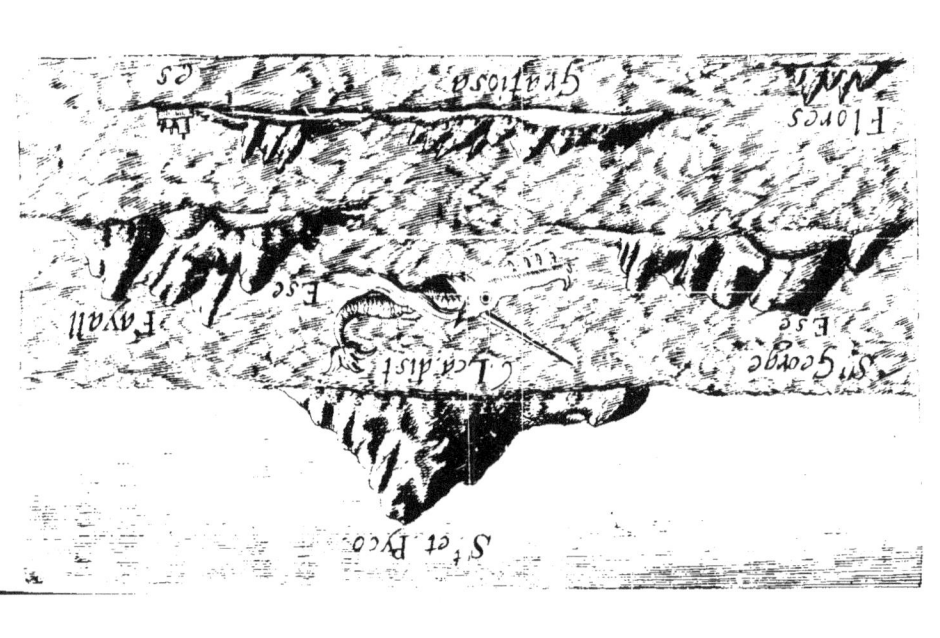

Ie vous ferois icy volontiers la
defcription de ce lieu, fi ie n'auois
à vous dire d'autres chofes bien
plus importantes. Il fuffit que vous
fçachiez, qu'apres que mes oyfeaux m'eurent là planté, ayant
pris garde qu'ils n'en pouuoient
plus, tant ils eftoient las, & hors
d'haleine ; ie trouuay à propos de
les laiffer repofer pour quelque
temps ; de ne les pas preffer d'a-
uantage, & mefme de ne les point
mettre à couuert, pource qu'ils ne
le pouuoient fouffrir, fans fe tour-
menter & fe debattre. Mais tout
le contraire aduint icy, par l'effet
inopiné qui s'en enfuiuit.

C'eftoit alors la faifon, où ces
oyfeaux, du nombre des paffagers,

auoient accouſtumé de s'enuoler
par diuerſes trouppes, cōme font
les coucous & les arondelles en
Eſpagne, vers le commencement
de l'Automne. Eux donc en firent
de meſme ; & par ie ne ſçay quelle
reminiſcence de leur voyage ordinaire, ſur le poinct que ie les voulois retirer, ſe leuerent tout d'vn
temps enſemble. Ie me trouuay
pour lors auſſi eſtonné qu'on ſçauroit dire ; & le fus bien dauantage, quand i'apperceus que par l'eſpace d'vne heure, ils monterent
toûjours droit, & auſſi viſte qu'v-
-ne fleche. En ſuitte dequoy, il me
ſembla qu'inſenſiblement ils re-
laſcherent de leur trauail ; ſi bien
que leur extrême viſteſſe ſe rallen-

uit peu à peu, iufques à ce qu'ils cefferent d'agir tout à fait. Alors par vne merueille à peine croya-ble, ils s'arrefterent tout court, fans branfler non plus que s'ils euf-fent efté liez à des perches; Alors dis-je, toutes les cordes fe lafche-rent d'elles-mefmes, fi bien que la Machine & moy demeurafmes immobiles, & comme fans poids.

I'ay trouué par cette efpreuue ce à quoy les Philofophes n'ont iamais penfé iufques icy. C'eft que les chofes pefantes ne tendent point vers le centre de la terre, cō-me à leur lieu naturel ; mais fem-blent pluftoft eftre attirées par vne certaine qualité du Globe ter-reftre, ou par ie ne fçay quoy qui

est au dedans; de la mesme sorte
que le fer est attiré par l'aimant.
Ainsi, bien que sans auoir autre
souftien materiel que l'air, ces oyseaux s'y peuffent tenir, auec autant d'aise & de repos, que le poif-
son dans l'eau, quand elle est calme; si est-ce qu'au moindre effort
qu'ils faisoient, pour s'esleuer en
haut & en bas, ou mesme à costé,
ils estoient portez auec tant de vistesse, qu'il n'est pas possible de se
l'imaginer. Ce qui me donna si
fort l'espouuante, par l'objet d'vn
lieu si plein d'effroy, qu'il faut aduoüer que ie fusse mort de peur,
si ie n'eusse esté armé d'vne resolu-
tion Espagnolle, & d'vn courage
digne de moy.

Mais ie ne me sentois pas moins
troublé par la rapidité du mouuement, qui estoit si grande, qu'elle
surpassoit, comme i'ay dit ailleurs,
celle d'vne fleche, qu'vn bras ro-
buste tireroit auec vn arc, ou d'v-
ne pierre lacée du plus haut d'vne
Tour. I'adjouste à cecy les illusiõs
des Esprits malins, qui m'enuiron-
nerent à foule le premier iour de
mon arriuée. Ils s'apparoissoient
à moy sous des formes d'hommes
& de femmes, qui de la façon
qu'ils m'assiegeoient, me faisoient
souuenir de ces oyseaux effarou-
chez, qu'on voit fondre pesle-
mesle autour d'vn hibou, pour luy
donner chacun quelque coup de
bec. Ie fus vn assez long-temps,

E iiij

fans fçauoir ce qu'ils difoient,
pource que leur façon de s'exprimer, qui me fembloit diuerfe, me-
ftoit entierement inconnuë. A la
fin neantmoins i'en rencontray
plufieurs, dont i'entendis le jar-
gon, pource qu'ils parloient les
vns Allemand, les autres Efpagnol, & les autres Italien, qui m'e-
ftoient des Langues intelligibles.

Icy ie ne vis le Soleil eclipfé
qu'vne feule fois, encore ne fut-ce
que pour vn peu de temps. Que
fi vous me demandez maintenant
dequoy viuoient mes oyfeaux, ie
vous refpondray que tous enlâcez
qu'ils eftoient de plufieurs corde-
lettes, ils ne laiffoient pas d'attrap-
per à tous momens des mouches

de plusieurs sortes, & des oyseaux
mesmes, principalement des arondelles & des coucous, qui ne sont
pas en moindre abondance en ce
pais là, que les Atomes dont le Soleil est le Pere. Ce que ie raconte
pourtant de leur maniere de se
nourrir, n'est seulement que par
conjecture; pource qu'à vray dire, ie ne leur ay iamais veu prendre aucune sorte d'aliment. Pour
mon particulier, ie vous puis bien
asseurer que de quelque nature
que fussent mes hostes, hommes,
ou Demons, ils se monstrerent
grandement officieux & courtois
en mon endroit. Car apres quelques discours que ie passe sous si
lence, ils me promirent que si ie

voulois fuiure leurs ordres, ie ne
ferois pas feulement ramené chez
moy, fans aucun danger; mais encore affeuré, de iouir en quelque
faifon que ce fut, de tous les plaifirs, & tous les delices de leur
pais.

Ie ne refufay pas ces offres abfolument, & demanday du temps
pour aduifer à ce que ie deuois faire. Or bien que ie n'euffe du tout
point de faim (ce qui femblera
poffible incroyable,) fi eft-ce que
pour ne perir cependant, à faute
de preuoyance, ie trouuay à propos de me fournir de quelques viures, qu'ils m'apporterent. I'eus
d'eux de fort bonne viande, &
des poiffons de diuerfes fortes, af-

sez bien accommodez, mais qui estoient extremément doux, & sans aucun goust de sel.

Quant à la boisson, elle fut telle, que i'y beus, sans mentir, d'aussi excellent vin qu'en Espagne, & de si bonne biere, qu'il n'y en a pas de meilleure dans Anuers. Il me dirent, que i'en fis prouision, tandis que l'occasion s'en presentoit, qu'ils ne pourroient m'assister en rié iusques au Ieudy prochain, encore en estoient-ils en doute; & qu'en tout cas ils me remeneroiét sans danger en Espagne, où ie me souhaittois si fort ; A condition neantmoins, que ie m'enroollerois en leur Compagnie, sous les mesmes capitulatiós qu'ils auoiét

faites auec leur Capitaine, dont
ils ne me voulurent iamais dire
le nom. A quoy ie respondis froi-
dement, que ie ne voyois pas qu'il
y euſt beaucoup d'apparence de
me réjouyr d'vne telle offre ; &
que ie les priois ſeulement de ſe
ſouuenir de moy, quand l'occaſion s'en preſenteroit. Voila comme ie me dépeſchay d'eux pour
cette fois, ayant premierement
remply mes pochettes de tout ce
que i'y peus fourrer de viures ; &
meſme ie fis en ſorte de trouuer
place pour vne bouteille de vin
de Canarie.

Ie veux maintenant vous declarer la qualité du lieu où i'eſtois
alors. Toutes les nuées m'eſtoient

foufmifes, ou fi vous voulez ef-
parfes entre moy & la terre. Quãt
aux eftoilles, pource qu'il n'y auoit
là point de nuit, ie les voyois toûjours d'vne mefme forte ; non pas
brillantes à l'ordinaire, mais d'vne
couleur blancheaftre, & telle à
peu prés qu'eftau matin celle de la
Lune. Elles fe faifoient remarquer
en fort petit nombre ; & dix fois
plus grandes (à ce que i'en pûs juger) qu'elles ne fe monftrent aux
habitans de la terre. Pour ce qui
eft de la Lune, qui à deux iours
prés, s'en alloit eftre pleine, elle
eftoit d'vne grandeur effroyable.

Il ne faut pas oublier icy, que
les Eftoilles ne paroiffoient là que
du cofté de l'Hemifphere, tourné

vers la Lune ; & que tant plus elles en approchoient, tant plus elles sembloient estre grandes. I'ay
à vous dire encore, que soit que ie
fusse en l'air, dans le calme, ou
porté auec agitation, ie me trouuois tousiours tout droit entre la
Lune, & la Terre. Ce que ie pouuois remarquer, non seulement
en ce que mes oyseaux n'addres-
soient leur route, que droit à la
Lune ; mais encore, pource qu'il
ne nous aduenoit iamais de nous
reposer (comme nous fismes par
plusieurs heures au commencement de nostre voyage) que nous
ne fussions portez insensiblement
autour du Globe de la terre ; car
i'obmets le sentiment de Coperni-

cus, qui tient, qu'elle ne cesse de tourner en rond de l'Est à l'Oüest, (laissant aux Planettes ce mouuement que les Astrologues appellent naturel) non pas sur les Poles de l'Equinoctial, communément nommez les Poles du Monde, mais sur ceux du Zodiaque; ce qui est vne question dont ie me propose de parler plus amplement cy-apres, quand i'auray loisir de me remettre en memoire l'Astrologie que i'appris à Salamanque, estant ieune, & que i'ay depuis oubliée. —

Là ie trouuay l'air extremémēt calme, sans que le moindre vent l'agitast; & si bien temperé, qu'il n'y faisoit ny chaud ny froid. Aussi est-ce vn lieu où les rayons du

Soleil ne trouuent point où se
pouuoir reflechir; outre que la terre & l'eau ne sõt pas assez proches
l'vne de l'autre, pour donner à
l'Air cette qualité de Froid qui
leur est naturelle; car ie ne sçaurois nommer autrement qu'ima-
ginaire & capricieuse l'opinion
de ces Philosophes, qui attribuent
à l'Air, & la Chaleur, & l'Humidité tout ensemble.

C'est chose bien remarquable,
qu'apres que i'eus quitté la terre, il
ne me prit iamais enuie ny de mã-
ger, ny de boire; soit que la pure-
té de l'air, ou l'eau, pour n'estre
imbue d'aucune vapeur terrestre,
me fournist alors d'vne nourriture
suffisante, soit qu'il le fallût attribuer

buer à vne autre caufe, que ie con-
feffe m'eftre inconnüe. Ie fen-
tois bien cependant que ie iouïf-
fois d'vne parfaite fanté, tant de
l'efprit que du corps; & mefme
que ma vigueur eftoit beaucoup
au deffus de ma force ordinaire.
Mais aduançons nous, puis qu'il
le faut, & allons vn peu plus vifte
que le pas.

Quelques heures apres que cette foule de Demons aeriens m'euft
quitté, mes Courriers aiflez commencerent à reprendre leur vol,
tirants touſiours vers le Globe de
la Lune, auec vne fi merueilleufe
viftesse, qu'à ce qu'il me fembloit,
ils ne faifoient gueres moins de
cinquante lieuës par heure. Ie re-

marquay en ce paſſage diuerſes choſes, qui meritent bien d'eſtre ſçeuës, & ſur tout celle-cy ; que tant plus ie m'aduançois, tant moins ie trouuois grand le Globe entier de la terre ; comme au contraire celuy de la Lune s'accroiſſoit à tout moment, du moins ie me le faiſois ainſi accroire.

Dauantage, la terre, que ie voyois touſiours, me ſembloit, par maniere de dire, ſe maſquer d'vne certaine lumiere, ainſi qu'vne autre Lune ; & comme en celle-cy ſont remarquables certaines taches obſcures, elles l'eſtoient de meſme en la terre. Mais au lieu que les formes de ces taches demeurent touſiours conſtantes, cel-

les-cy au contraire changeoient à
toute heure. La raifon de cela eft,
ce me femble, que comme la terre, felon fon mouuement naturel,
(que ie fuis maintenant contraint
d'auoüer auec Copernicus) tourne en rond fur fon piuot de *l'Eft* à
l'Oüeft, de vingt-quatre en vingt-
quatre heures ; Ie remarquay d'a-
bord au milieu du corps de ce
nouuel Aftre, vne tache à peu prés
femblable à vne poire , dont on
auroit mordu l'vn des coftez , &
empor† 'le morceau , fe couler au
bout de quelques heures du cofté
de *l'Oüeft*, & cecy fans doute eftoit
le grand Continent de l'Aff▪▪auc.

Ie vis en fuitte vne vafte & admirable clarté, durant vn pareil ef-

pace de temps, s'espandre par ce
lieu ; & c'estoit asseurément le
grand Ocean Athlantique. Incontinent apres parût à mes yeux vne
nouuelle tache, faite à peu prés en
ouale, & iustement telle que l'A-
merique dans la Carte du Monde.
Puis ie découuris vne autre splen-
deur spatieuse au possible, repre-
sentant l'Ocean Oriental ; & finalement vn confus meslange de taches, pareilles aux diuerses contrées des Indes Occidentales. Tellement que tout cecy me sembloit
estre quelque grand Globe de Ma-
thematique lentement tourné deuant moy, où pendant vingt-quatre heures, furent successiuement
representez à ma veuë tous les

Pais de noſtre terre habitable, & c'eſt icy le ſeul moyen que i'auois de compter les iours, & de meſu-rer le temps.

Ie voudrois bien maintenant que tous les Mathematiciens & les Philoſophes m'aduouaſſent leur obſtination, & leur aueugle-ment. Ils ont iuſques icy fait ac-croire au monde, que la terre n'a point de mouuement. Ce qu'ayât à iuſtifier, ils ſont contraints d'at-tribuer à chacun des Corps cele-ſtes deux mouuemens diuers, & directement contraires, dont l'vn eſt de l'Orient à l'Occident, pour terminer en vingt-quatre heures, s'imaginans d'y eſtre forcés par la rapidité du premier mobile; &

F iij

l'autre de l'Occident à l'Orient,
par diuerſes proportions.

Mais qui croira d'ailleurs que
ces Corps immenſes , i'entends
les Eſtoilles fixes , que pluſieurs
d'entr'eux ont dit eſtre cent fois
plus grandes que toute la terre, ſe
puiſſent tourner en ſi peu de tēps,
comme autant de clous dans la
roüe de quelque Charriot ? & que
cependant, à ce qu'ils diſent , il
faille que trente mille ans ſe paſſent, auant que le Ciel qui les en-
ueloppe, ayt fait ſon cours de l'O-
rient à l'Occident (ce qu'ils appellent le mouuement naturel) bien
que toutesfois par leur propre declaration, la Lune acheue le ſien
dans vingt & ſept iours, le Soleil,

Venus, & Mercure, en vn an, ou
enuiron ; Mars en trois ans,
Iupiter en douze, & Saturne en
trente? Or est-il que d'attribuer à
ces Corps celestes des mouuemés
contraires en mesme temps, c'est
à mon aduis, vne absurdité insup-
portable;& c'en est encore vne autre bien pire, de s'imaginer que le
mesme Ciel où font les Estoilles
fixes, le cours naturel desquelles
employe à s'acheuer tant de mille
années, se doiue parfaire de vingt-
quatre en vingt-quatre heures.
Quoy qu'il en foit, ie ne veux
point pour moy, ny aller fi auant
que Copernicus, qui fait le Soleil
le Centre de la terre, & du tout
immobile; ny entreprendre non

F iiij

plus de rien decider touchant l'vn
& l'autre. Il me suffit de iuſtifier
par mes propres yeux le mouuement de la terre ; & ainſi chacun
n'ayant que le ſien particulier, ces
abſurditez ſeront entierement
oſtées.

Mais ie ne voy pas que ie m'en-
gage dans la diſpute, au lieu de ne
point ſortir des bornes de la Narration que i'ay commencée, & où
ie veux rentrer par vn accident
bien remarquable qui m'arriua.
Ce fut, que durant mon ſejour en
ce païs là, ayant veu s'approcher
de moy certaine muée de couleur
rougeaſtre, & qui s'aduançoit
rouſiours de plus en plus, ie trouuay finalement que mes yeux ſe

trompoient,& que c'eſtoit vn pro-
digieux eſſaim de ſauterelles peſle-
meſle ramaſſées.

Quiconque lira ce qu'ont eſ-
crit de ces Inſectes nuiſibles, pluſieurs ſçauans hommes, & particulierement Iean Lion en ſa deſ-
cription d'Affrique, apprendra,
s'il ne le ſçait, qu'on les voit en
l'air amoncelez en forme de nuages, pluſieurs iours auparauant
qu'ils s'en aillent fondre dãs quelque contrée. Que s'il adjouſte à
ce qu'ils diſent, ce que i'en ay veu
par épreuue, il en tirera ſans doute cette conſequence, qu'ils ne
peuuent venir d'aucun autre lieu
que du païs de la Lune.

Permettez-moy maintenant de

reuenir au recit de mon voyage,
que i'aduançay sans discontinüer
vnze ou douze iours, pendant les-
quels ie fus sans cesse porté droit
au Globe de la Lune, auec vne
vio.ence si grande, qu'il m'est impossible de vous l'exprimer. Car ie
ne croy pas que le tourbillon le
plus rapide luy soit comparable;
ny qu'vn boulet sortant de la bou-
che d'vn Canon, puisse fendre
auec pareille vistesse l'air humide,
vaporeux & grossier, pour estre
prés de la terre. Mais ce qui me
sembla sur tout bien estrange, fut
de voir que mes oyseaux furent
l'espace d'vne heure entiere, sans
smuer que de temps en temps
leurs aisles, qu'ils tenoient seule-

ment eſtenduës, comme font les
Aigles & les Milans en l'air, où ils
demeurent comme ſuſpendus,
quand ils veulent fondre ſur quelque Gibier qu'ils voyent en bas.
I'ay creu depuis, que durant ces
pauſes, ils ſommeilloiēt veritablement, n'ayant iamais remarqué
qu'ils peuſſent dormir qu'en ce
temps-là. I'en faiſois de meſme,
ſans crainte de cheoir, ſi fort i'e-
ſtois attaché à ma Machine; &
oſe bien dire, quoy qu'il ne ſem-
blera pas croyable, qu'en cette
poſture ie repoſois auſſi à mon ai-
ſe, que ſi i'euſſe eſté couché ſur
quelque bon lit de plume.

Apres auoir fait vnze iours d
chemin, ſans relaſcher d'vn vol ſi

rapide ; i'aperceu que i'approchois
infenfiblement d'vne autre terre
iufques alors inconnüe, fi toutesfois ie la puis ainfi nommer, eftant
le vray corps de cét Aftre que nous
appellons communément *la Lune*.
La premiere diff... ce que ie trouuay entr'elle & noftre Terre,
quand elle euft ceffé de m'attirer,
fut, que ie la vis toufiours dans fes
couleurs naturelles ; au lieu que
parmy nous vne chofe efloignée
de nos yeux d'vne ou de deux
lieuës, nous femble noire ordinairement. Ie pris garde encore, qu'en
fa plus grande partie, elle me dé-
couurit vne Mer de tres-vafte
eftendüe, & que la terre n'eftoit
feiche qu'en ces endroits feule-

met, qui paroïffent vn peu plus
obfcurs que le refte de fon corps,
& qui font comme des taches noi-
res, d'où fe forme vne figure vul-
gairement appellée *El Hombre de
la Luna*, ou *l'Homme de la Lune*.

Quant à cette autre partie, qui
darde à nos yeux des rayons fi
beaux & fi luifans, c'eft affeurément vn autre Ocean, parfemé
d'Ifles diuerfes, qu'à caufe de leur
petiteffe, nous ne fçaurions difcerner de fi loing. Tellement que cette mefme fplendeur, qui nous ef-
claire de nuit, n'eft autre chofe
que la reflexion, ou la reuerbera-
tion des rayons du Soleil, qui fe
fait fur l'eau, comme fur la glace
de quelque miroir; ce que neant-

moins ie ſçay fort bien ne s'ac-
corder nullement auec tous ces
beaux enſeignemẽs qu'en donnẽt
les Philoſophes dãs leurs eſcholes.

Mais il n'eſt nullement beſoin,
ce me ſemble, d'eſtaller icy leurs
ſentimens ridicules, que l'Expe-
rience & les ans n'ont que trop
deſcouuerts à noſtre ſiecle ; au
nombre deſquels le temps & l'ordre de mon diſcours veulent que
ie mette vne de leurs opinions, qui
s'eſt trouuée tres-fauſſe par l'é-
preuue que i'en ay faite.

N'ont-ils pas creu iuſques icy
la plus haute region de l'air extrê-
mément chaude, pour eſtre la
plus proche du feu ; ce qui n'eſt
pourtant qu'abſcurdité, que ſans-

taisie, & que songe. Car apres que
ie fus vne fois déliuré de la puis-
sance attractiue des rayons de cette tyranique pierre d'Aimant,
(c'est ainsi que i'appelle la terre) ie
trouuay l'air dans vn temparamēt
tousiours égal, sans veuts, sans
pluyes, sās broüillards, sās nuages,
& sans estre ny chaud, ny froid;
mais doux, & calme au possible,
iusques à mon arriuée en ce nouueau Monde de la Lune. Quant à
cette Region du feu, dont nos Philosophes font tant de bruit, ie n'en
ouys aucunes nouuelles; & mes
yeux m'éclaircirent entierement
de cette doute, en me faisant
voir le contraire.

La terre, à force de se tourner,

m'auoit déja monſtré douze fois
toutes ces parties, quand ie me vis
au bout de ma route. Mon calcul
me fit connoiſtre, & il eſtoit vray
en effet, que ce fut vn Mardy vn-
zieſme iour de Septembre, en vn
temps où la Lune n'ayant plus que
deux iours, eſtoit dans le vingtieſ-
me degré de la Balãce. Mes *Ganſas*
s'arreſterent alors toutes enſemble, & ſe repoſerent durant quelques heures. Cela fait, elles repri-
rent leur vol, & me porterent en
moins d'vne heure ſur le haut d'v-
ne Montagne, en cét autre Monde, où tout à meſme temps ſe pre-
ſenterent deuant mes yeux pluſieurs choſes veritablemẽt eſtranges, & inouyes.

le

Ie remarquay premierement, que comme le Globe de la terre paroiſſoit là beaucoup plus gros que ne fait à nous la Lune, quand elle eſt pleine; Ainſi pluſieurs choſes s'y découuroient, incomparablement, & i'oſe bien dire meſme, trente fois plus longues & plus larges qu'en noſtre Monde. Leurs Arbres ſurpaſſoiët de la troiſiéme partie la hauteur de ceux de nos Foreſts, & de la cinquieſme leur épaiſſeur; ce qu'on pouuoit dire encore touchant leurs Plantes, & leurs Animaux, tant volans que terreſtres. I'aduoüe pourtāt qu'en leur eſpece, ils ne peuuent auec raiſon eſtre comparez à ceux que nous voyons ordinairement par

G

my nous, principalement à nos
oyſeaux, auſquels les leurs ne ſont
nullement ſemblables, à la reſerue des Arondelles, des Coucous,
des Roſſignols, des Faiſans, des
Chauue-ſouris, & de quelques autres, que ie pris pour du gibier. I'en
remarquay auſſi de pareils à mes
Ganſas; & connus par conjecture,
que la pluſpart de ces oyſeaux peuuent eſtre appellez *Paſſagers*; à
cauſe qu'en la ſaiſon qu'il s'abſen-
tent de noſtre Monde, ils paſſent
en celuy là, ſans differer en quoy
que ce ſoit des noſtres, ny en quantité, ny en qualité, pource qu'ils
ſont veritablement les meſmes,
ſoit en nombre, ſoit en eſpece; &
c'eſt dequoy ie parleray plus par-

ticulierement en son lieu.

Ie n'eus pas pluſtoſt mis le pied
dans cette nouuelle terre, que ie
me ſentis tout affamé, ſi bien qu'a-
pres auoir attaché mes *Ganſas*, &
ma Machine au premier arbre que
ie rencontray , ie ne penſay plus
qu'à ſatisfaire mon ventre; Pour
cét effet, ie foüillay tout auſſi-toſt
dans mes pochettes , pour en tirer
les prouiſions dont i'ay parlé cy-
deuant. Mais au lieu des perdrix
& des chappons que ie penſois y
auoir mis, ie n'y trouuay qu'vn
meſlange confus de feüilles ſei-
ches, parmy de la mouſſe, du poil
de cheure, des crottes de brebis,
& de ſemblables ordures. Il m'en
arriua de meſme de mon vin de

Canarie, qui se tourna en vne
puante & vilaine liqueur, telle à
peu prés que du pissat de cheual,
ou de quelque autre beste ; d'où
vous pouuez bien juger, que toutes ces choses n'estoient qu'illu-
sions de malins Esprits, & de quelle sorte i'en aurois esté seruy, si ie
m'y fusse fié.

Mais tandis que ie m'amusois à
considerer de si estranges Meta-
morphoses, j'ouys vn grand bruit
que faisoient mes oyseaux ; qui
battoient des aisles derriere moy;
& me tournant tout à mesme
temps, ie vis comme ils se jettoiét
à corps perdu sur vn certain arbris-
seau, qui s'estoit fortuitement em-
barrassé dans l'estendue de leurs

cordages; Ie pris garde qu'ils en
mangeoient les feüilles auec vne
grande auidité; & m'en eſtonnay
d'autant plus, que ie ne les auois
iamais veu iuſques alors, ſe repai-
ſtre d'aucune ſorte de mangeaille.
Cela me fit prendre enuie d'en
cueillir vne feüille, & de la maſ-
cher; ce que ie fis auec vn plaiſir
extrême, pour le merueilleux
gouſt que ie trouuay qu'elle auoit;
& ainſi ces feüilles priſes ſans ex-
cez, tinrent lieu d'vn excellent re-
pas, tant à moy qu'à mes oyſeaux;
& nous en vſaſmes touſiours depuis au beſoin, comme d'vn grand
rafraichiſſement.

Bien à peine eus-je finy ce beau
feſtin, que ie me vis enuironné d'v-

ne certaine forte de gens, dont la
ftature, la mine, & l'habillement
me femblerent fort eftranges. Ils
auoient la taille differente, mais
pour la plufpart deux fois plus
grande que la noftre, le teint oli-
uaftre, le gefte plaifant, & des habits fi bizarres, qu'il m'eft impoffible de vous en faire comprendre,
ou la forme, ou la matiere. Tout
ce que ie vous puis dire, eft que ie
les voyois tous veftus de mefme
façon, d'vne eftoffe qui n'eftoit
ny drap, ny foye; & ce qui m'e-
ftonnoit le plus, d'vne couleur que
ie ne vous fçaurois dépeindre, ne
fe pouuant proprement appeller,
blanche, noire, rouge, verte, iau-
ne, bleuë, ny du nom de pas vne

de ces autres couleurs , qui font
cōpofées de celles cy. Que fi vous
me preffez là deffus , & me demandez , comment donc la pour-
roit-on definir; je vous refpondray que c'eft vne couleur , dont
on n'a iamais veu la pareille dans
noftre Monde; & qui par confequent ne peut eftre ny conceuë,
ny reprefentée, n'eftant pas moins
difficile de la figurer à qui ne l'a
veuë, que de faire comprendre à
vn aueuglené, la differēce qu'il y a
entre le verd & le bleu. Mais apres
tout, ie puis dire, fans mentir, que
durant mon fejour en ce nouueau
Monde,ie n'ay point trouué d'objet fi agréable à mes yeux,que cette couleur illuftre, & refplendif-

fante par deffus toutes les autres.

Il me refte maintenant à dire quelles font les mœurs des habi-tans de ce Païs inconnu. Ils fe pre-fenterent à moy, comme i'ay déja dit, tout à l'improuifte ; & d'vne façon fi eftrange, que de frayeur que i'eus, ie demeuray quelque temps interdit, & faillis mefme à m'euanouyr. Car foit que ma per-fonne ne leur donnât pas moins d'eftonnement que la leur me dô-noit d'épouuante ; foit que pour la trouuer extraoïdinaire, ils l'euf-fent en quelque veneration, tant y a, que jeunes & vieux fe profter-nerent tous deuant moy. Puis te-nant les mains hauffées, ils fe mi-rent à prononcei quelques mots

que ie n'entendois pas, & se leuerent tout à l'inftant.

Le plus haut d'entr'eux s'en vint
alors m'accofter; & m'embraffant
auec beaucoup de tendreffe, il
donna ordre, à ce que i'en pûs juger, que quelques-vns de fes gens
fe tinffent prés de mes oyfeaux.
Cela fait, il me prit par la main, me
conduifit iufques au bas de la
Montagne, & me fit entrer en fa
maifon, fcituée à plus de demy-
lieuë de l'endroit où i'auois mis
pied à terre. Tout noftre monde
ne fçauroit rien monftrer d'égal,
ny à la grandeur, ny à la beauté de
fon édifice; à comparaifon duquel
i'en vis depuis plufieurs autres, qui
tous beaux qu'ils eftoient, ne pa-

roiſſoient non plus que des Caba-
nes couuertes de chaume. La
moindre porte de ce Palais auoit
30. pieds de hauteur , & 12. de largeur; Les chambres en auoient
40. à 50. & tout le reſte à porpor-
tion. Dequoy certes il ne falloit
pas s'eſtonner, le Maiſtre de ce logis ayant du moins de la teſte en
bas 30. pieds de haut ; & le corps
ſi maſſif , que qui l'auroit mis dans
vne Balance , s'il euſt eſté poſſible,
l'auroit trouué 25. ou 30. fois plus
peſant qu'vn des plus robuſtes
hommes de noſtre monde.

Apres qu'il m'euſt fait repoſer
auec luy l'eſpace d'vn de nos iours,
il me mena droit au Palais du Prince du Païs, qui eſtoit à quelques

ςinq lieuës de là. [Ie vous en décri-
rois la magnificence, n'eſtoit que
ce n'eſt pas icy le lieu de parler de
cette matiere, ny de pluſieurs autres particularitez, dont ie me reſerue à vous entretenir en la ſeconde partie de ce liure ; mon deſſein n'eſtant en celle-cy, que de
faire vne ſimple narration hiſtori-
que de mon Voyage.]

Ce Prince, qui auoit la taille
incomparablemẽt plus haute que
cét autre dont ie viens de parler,
s'appelloit *Pylonas*, à ce que i'en
pûs conjecturer par leurs tons, qui
ne peuuent eſtre parfaitement en-
ſeignez par nos characteres. I'ay
ſçeu depuis que ce nõ ſignifie *Premier*, en leur langue ; & l'apparen-

ce en est grande; si ce n'est possible
vne marque de sa prééminence,
comme estant le plus puissant de
cette Prouince là.

Il y a dans tout ce vaste Païs vn
souuerain Monarque, beaucoup
plus grand que ce dernier. Il com-
mande en toute l'estenduë de ce
nouueau Monde, ayant sous luy
vingt-neuf Princes, extremément
puissans, chacun desquels en a
vingt-quatre autres, & ce *Pylonas*
en est vn. C'est leur commune
opinion, que le premier de ses An-
cestres sortit de la terre; qu'il se fist
Maistre de cét Empire là, pour en
auoir épousé l'Heritiere, & que
ses Descendans l'ont possedé toûjours depuis, durant quatre mille

jours, ou Lunes, qui font 3077:
ans. Cét Empereur s'appelloit *Ir-*
donozur, nom que fes Heritiers ont
retenu iufques aujourd'huy. Ils
affeurent encore, qu'ayant eu le
Sceptre par l'efpace de 400. Lunes, & procreé plufieurs enfans,
il retourna finalement au lieu de
fon origine, qui eftoit la terre.
Mais ils ne difent point comment,
& il ne faut pas douter qu'ils
n'ayent leurs Fables, auffi bien que
nous auons les noftres.

Or pource que nos Hiftoriens
ne font point mention qu'aucun
auant moy ait efté en ce Monde là,
ny moins encore qu'il en foit reuenu; i'ay quelque raifon, à mon aduis, de condamner cette tradition,

comme fauſſe & fabuleuſe. Ie ne
mentiray pas neantmoins, quand
ie vous diray que ces Peuples ſont
tellement ennemis du Menſonge,
& de la Fourberie, qu'ils les puniſ-
ſent à toute rigueur;& qu'auec cela les belles lettres, & les vrayes
connoiſſances,ſemblent eſtre parmy eux en tres-grande eſtime.

De plus, ce qui fauoriſe beaucoup ces traditions Hiſtoriques,
eſt, que pluſieurs d'entr'eux viuent
fort long-temps ; & ce qui eſt au
delà de toute croyance, iuſques à
l'aage de 30000. Lunes, c'eſt à dire de 1000. ans & plus, comme ils
me l'ont aduoüé;d'où il eſt verifié,
que l'aage de deux ou trois hommes peut atteindre à celuy de leur

premier Prince *Irdonozur*.

C'eſt encore vne obſeruation generale, que tant plus ils ſont grands, tant plus leur eſprit eſt excellent, & leur vie longue. Car comme leur taille, ainſi que i'ay dit n'aguere, eſt grandement differente, il s'en trouue de meſme pluſieurs parmy eux, qui ſurpaſſent de fort peu la noſtre, & ceux-cy ne viuent gueres plus de 1000. Lunes, qui font 80. de nos années. Auſſi eſt-ce pour cela, qu'ils ne les tiennent que pour de chetiues creatures, releuées d'vn ſeul degré par deſſus les beſtes; & que comme telles, ils les employent aux choſes les plus indignes d'vn homme, les appellant d'ordinaire Ba-

ftards , Malencontreux , & faits
en defpit de la Nature. Au contraire , ils eftiment vrays Lunaires,
Compatriotes , & naturels du
Pays , ceux dont la grandeur du
corps eft jointe à la longueur de la
vie; & peut-on bien dire, qu'ils
ont de l'vn & de l'autre 30.fois autant que nous:Ce qui ne s'accorde
pas mal en proportion à la longueur du iour en tous les deux
Mondes , le leur en contenant
prefque trente des noftres.

Mais quand ie vous auray ra-
conté la reception qu'on nous fit
dans le Palais de Pylonas , vous
m'aduoüerez affeurément de n'a-
uoir iamais ouy rien de fi eftrange,
ny de fi peu croyable.

A noftre

A noſtre arriuée, on nous preſenta deux Eſuentails de plumes, tels que les portent nos Dames en Eſpagne, pour s'attirer la fraiſcheur de l'air dans les chaleurs de l'Eſté. Auant que d'en apprendre l'vſage, il faut que vous ſçachiez, que le Globe de la Lune n'eſt pas entierement deſtitué d'vne puiſſance attractiue; ny meſme moins foible que celuy de la terre. Que ſi vn homme s'eſleue là de toute ſa force, comme font les Baladins, quand ils capriollent, il ſe peut voir par épreuue qu'il peut monter à quelques 50. ou 60. pieds de hauteur; & alors ſans plus retōber, il eſt au deſſus de l'attraction de cette terre Lunaire; tellement

H

qu'auec ces Esuentails, commé
si c'estoient des aisles, ceux qui en
vsent, sont portez en l'air en peu
de temps, par tout où ils veulent,
mais non pas auec tant de vistesse
que les oyseaux, quand ils ont pris
leur volée.

Nous estions soixante, qui dans
deux heures fismes les cinq lieuës
que nous auons dittes, chacun de
nous fendant l'air auec vn double
esuentail. Apres que nous fusmes
arriuez au Palais de Pylonas, &
que nostre Conducteur dans l'Au-
diance qui luy fut donnée, eut de-
claré quelle sorte de presens il por-
toit, il prit le soin de me faire appeller pour saluër le Prince. La
superbe structure de son Palais, &

les hommages qu'on luy rendoit,
me firent juger de fa puiffance, &
employer toute mon induftrie à
m'infinuer dans fes bonnes gra-
ces. Vous fçauez que ie vous ay
parlé d'vne petite Boëte, où ie fer-
ray ce qui me refta des precieux
ioyaux que i'auois apportez des
Indes, & enuoyez en Efpagne de
l'Ifle de Sainte Heleine. I'en choi-
fis quelques vns des plus beaux de
chaque forte, & les tins prefts,
pour les prefenter à ce grand Prince, quand ie ferois amené deuant
luy.

Ie le trouuay affis dans vn magnifique Thrône, ayant en l'vn
de fes coftez la Reyne fa femme,
& en l'autre fon fils aifné, tous at-

tendus d'vne trouppe de belles
Dames, & de jeunes Gentilshom-
mes, fans y comprendre ceux qui
eftoient en grand nombre dans
vne fale , le moindre defquels
eftoit auffi haut que Pylonas, de
qui l'aage , à ce que l'on tient, eft
à prefent de 21000 Lunes. La premiere chofe que ie fis entrant dans
fa chambre, fut de me ietter à fes
pieds, auec vne profonde foûmif-
fion. Il fe monftra fi courtois en
mon endroit, qu'il m'ayda luy-
mefme à me releuer ; & alors ayāt
pris mon temps , ie luy prefentay
fept pierres precieufes toutes diffe-
rantes, à fçauoir vn Diamant, vn
Ruby, vne Efmeraude, vn Saphir,
vne Turquoife , & vne Opale,

qu'il receut toutes enfemble, auec autant d'admiration que de ioye, pour n'en auoir veu iufques alors que peu defemblables.

I'en offris apres cela quelques autres, tant à la Reyne qu'au Prince, & en voulus donner auffi à plufieurs de la Compagnie. Mais Pylonas leur deffendit d'en prendre, foit qu'il creut, comme i'ay fceu depuis, que c'eftoit là tout ce que i'en auois, foit que ce fut fon deffein qu'on les gardaft pour *Jrdonozur* fon fouuerain Seigneur. Ces chofes s'eftant ainfi paffées, il m'embraffa, pour vn tefmoignage de fon amitié, puis il fe mit à me demander par fignes, beaucoup de chofes, aufquelles ie refpondis de mefme.

Mais voyant que ie ne pouuois me faire entendre à luy comme il defiroit, il me mit fous la garde de cent Geans, aufquels il commanda premierement que ie ne manquaffe de quoy que ce fuft dont i'aurois befoin; Secondement, qu'on ne fouffrift à pas vn de ces Nains Lunaires (fi ie les puis nommer ainfi) de m'approcher en aucune forte; En troifiefme lieu, qu'on euft foin de m'inftruire en la langue du Païs; Et pour conclufion, qu'on ne me donnât en façon quelconque la connoiffance de certaines chofes qu'il nomma particulierement, fans que i'en aye peû iamais découurir le secret.

Que si vous desirez sçauoir maintenant quelles questions me fit *Pylonas* ; Ie vous diray qu'il me demanda d'où ie venois ; comment & par quel moyen i'estois arriué en son Païs, quel estoit mon nom, quel mon commerce, & quantité de choses semblables ; ausquelles ie respondis par signes, le mieux que ie pûs, sans rien déguiser de la verité.

Auant que me renuoyer, l'on me pourueut abondamment de toutes les choses que mon cœur pût souhaitter ; & ainsi ie m'imaginois déja d'estre en ce lieu là, comme en quelque Paradis ; dont le souuenir pourtant ne sçeut ia-

H iiij

mais me faire oublier ma femme
ny mes enfans, qu'il me fembloit
auoir toufiours prefens à mes
yeux.

Comme ie vis donc reluire fur
moy, touchant mon retour, quelque petit rayon d'efperãce, ie donnay prõptement ordre qu'on eut à
prendre bien garde à mes *Ganfas*,
c'eft à dire à mes oyfeaux ; & me
rendis affidu à les efgayer tous les
iours moy-mefme ; ce qui n'eut
pas neantmoins beaucoup feruy,
fi le foin de quelques autres n'euft
acheué ce dequoy tous mes ef-
forts n'euffent iamais pû venir à
bout ; la raifon eft, pource que le
temps s'approchoit , auquel les
perfonnes de ma taille auoient à

dormir neceffairement treize ou
quatorze iours tout de fuitte, & ie
deuois par confequent en faire de
mefme. Car il arriue là, par ie ne
fçay quelle puiffance de la Nature,
ineuitable & fatale; que quand le
iour commence à poindre, & la
Lune à luire, efclairée par les rayōs
du Soleil; tous ceux qui fe trouuent en ce Païs là n'eftre gueres
plus grands que nous fommes
d'ordinaire en noftre monde, tom-
bent dans vn fommeil fi profond,
qu'il n'eft pas poffible de les éueil-
ler, que le foleil ne fe foit dérobé
de leur veuë, pource qu'ils n'en
peuuent fouffrir la clarté; non
plus que les Hibous & les chauue-
fouris, celle du plus lumineux de

tous les Aftres. D'où il aduient, qu'aux premiers rayons du iour, ils font faifis d'vn foudain affoupiffe-ments qui fe tourne peu à peu en vn fi long fommeil, qu'il ne finit point que cette lumiere ne difpa-roiffe derechef, ce qui ne fe fait qu'en quatorze ou quinze iours, ou fi vous voulez qu'au dernier quartier de la Lune.

Or dautant qu'il me femble ouyr déja quelqu'vn qui me de-mande quelle eft donc cette clar-té, qui en l'abfence du Soleil, ef-claire ce monde là; Pour refpon-dre à cette queftion, il faut fçauoir neceffairement qu'il y a deux for-tes de lumieres; l'vne du Soleil, l'autre de la Terre, qui eftoit alors

en sa plus haute éleuation ; car
quand la Lune est nouuelle, elle
paroist à ses Habitans de mesme
qu'à nous, quand elle est pleine,
& à mesure que nous la voyons
croistre, ils voyent aussi diminüer
la lumiere de la Terre. I'ay donc
trouué par épreuue, que mesme
en l'absence du Soleil, la clarté se
trouue là telle à peu prés que celle
de nostre iour, quand l'Astre qui
le donne, est enuirōné de sombres
nuages. Que si elle diminuë peu à
peu, vers son derrnier quartier,
c'est de telle sorte, qu'en ce déclin
elle ne laisse pas de donner toûjours assez de lumiere ; ce qui est
admirable à vray dire.

Mais c'est vne merueille bien

plus eſtrange, qu'en l'autre He-
miſphere de la Lune (i'entends
l'oppoſite à celuy où ie me rencontray) durant le cours de la de-
mi-Lune, ils ne voyent ny le Soleil, ny la Terre ; bien que toutesfois ils ne laiſſent pas d'auoir vne
maniere de clarté, preſque pareille, comme ils la dépeignent à celle de noſtre Lune ; ce qui ſemble
proceder de la naturelle ſcitua-
tion des Eſtoilles, & des autres
Planetes, plus proches d'eux que
de nous.

I'ay maintenant à vous dire,
qu'il y a trois differans degrez de
vrays Lunaires.

Le premier eſt de ceux dont la
hauteur ſurpaſſant la noſtre, eſt

d'enuiron dix ou douze pieds; Et
ceux-cy peuuent souffrir le iour de
la Lune, quand la terre n'esclaire
qu'vn peu; mais non pas suppor-
ter les rayons de l'vne & de l'autre; à cause, côme i'ay dit ailleurs,
qu'en ce temps là il faut de necessité qu'ils dorment.

Il y en a d'autres hauts de vingt
pieds, & vn peu dauantage, qui
en des lieux ordinaires endurent
quelque clarté que ce soit, tant du
Soleil que de la Terre. Mais en vne
certaine Isle, dont aucun ne peut
sçauoir les Mysteres, il y a des
hommes qui n'ont pas moins de
vingt-sept pieds de haut, à le pren-
pre, suiuant la mesure de l'esten-
dart de Castille. Que si pendant le

iour de la Lune, d'autres que des Originaires y abordent, ils s'endorment incontinent. Cette Iſle a vn Gouuerneur particulier, dont le nom eſt *Hiruch*, aagé de 65000. Lunes, qui font 5000. de nos années, & qui ſemble auoir quelque ſorte d'Empire ſur *Irdonozur* meſme, principalement dans l'eſtenduë de l'Iſle, d'où il ne ſort iamais, à ce qu'ils aſſeurent.

En ce meſme lieu frequente ſouuent vn autre grand Prince, qu'ils diſent auoir la moitié plus de l'aage *d'Hiruch*, à ſçauoir enuiron 33. mille Lunes, ou deux mille ſix cens de nos années. Son Empire eſt vniuerſel par tout le Globe de la Lune, touchant les affaires

de la Religion, & les ceremonies
sacrées. I'auois grand' enuie de
voir ce merueilleux Hôme, qu'ils
àppellent *Imozez*, mais il ne me fut
iamais permis de l'approcher.

Souffrez maintenant que ie me
prepare à dormir vne longue nuit:
A moy, mes Gens, ayez soin de
mes oyseaux, tenez prest mon logis, & monstrez moy par signes,
comment il faudra que ie me gou-
uerne desormais. C'estoit enuiron
la my-Septembre que i'apperceu
l'air deuenir vn peu plus clair qu'à
l'ordinaire: D'où il s'ensuiuit, qu'a-
uec l'accroissement de la clarté, ie
me sentis premierement pesant,
puis assoupy, & finalement contraint de ceder aux charmes du

sommeil, quoy que iusques alors
rien ne m'eust empesche de les
gouster à mõ aise. Ie dormis donc
quinze iours durant, & à mon res-
ueil, il n'est pas croyable, combien ie me sentis frais, agile, & ro-
buste, en toutes les facultez, tant
du corps que de l'esprit.

Cela m'obligea plus particulierement, d'apprendre de bonne
heure la langue du Païs, qui est
vne, & la mesme dans toutes les
Regions de la Lune. Ce qui me
semble d'autant moins estrange,
que ie ne puis croire que toute la
Terre Lunaire soit de la quaran-
tiesme partie si grande que la nostre habitable. Que on en cher-
che la raison, lon trouuera qu'elle
procede

procede de ce que le Globe de la
Lune eſt beaucoup moindre que
celuy de la Terre, & que de ſes
quatre parties, leur Ocean, ou
leur mer, en couure les trois, comme l'on croit; la ſurface de la Terre n'eſtant pas moindre que celle
de nos Mers, à qui elle eſt comparable.

L'on ne ſçauroit croire combien eſt difficile leur langue, pour
deux raiſons principales; la premiere, pour n'auoir rien de commun auec aucune autre ſorte de
langage; Et la ſeconde, pource
qu'elle ne côſiſte pas tant en mots
& en lettres, qu'en tons eſtranges
que les lettres ne peuuent exprimer. Car ils ont peu de mots qui

I

ne fignifient diuerfes chofes, &
& c'eft le fon feulement qui en fait
la diftinction, de la façon qu'ils
les prononcent, comme s'ils chan-
toient. I'obmets qu'ils en ont auffi
plufieurs autres, qui ne confiftent
qu'en tons; par le moyen defquels
ils peuuent, quand il leur plaift,
donner à connoiftre leurs penfées,
fans vfer de paroles formées. I'al-
legueray pour exemple, qu'ils ont
parmy eux vne façon de fe falüer,
qui fignifie *A Dieu feul gloire*; laquelle ils declarent, comme ie penfe,
quoy que ie ne fois pas bon Mufi-
cien par cette note, fans paroles;

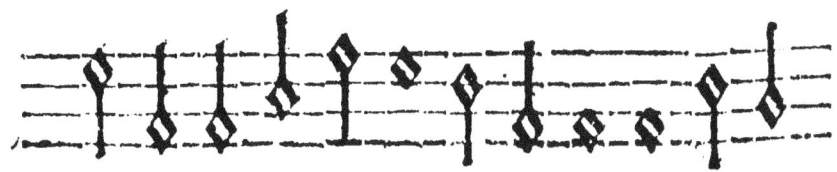

Et c'eſt auſſi de la meſme ſorte qu'ils expriment les noms des hō-mes, comme ie le pouuois juger, toutes les fois que voulant parler de moy en ma preſence, afin que ie ne m'en apperceuſſe, ils marquoient ainſi mon nom, qui eſt *Gonzalez.*

Cela me fait croire qu'il ſeroit facile d'inuenter vne langue telle que celle-cy, que l'on pourroit apprendre aiſément, & qui feroit meſme auſſi aiſée qu'aucune des autres langues du Monde, ne con-ſiſtant qu'en tons & en notes. De

quoy mes Amis pourront ſçauoir
dauantage , s'ils veulent prendre
la peine d'y penſer ; & trouueront
ie m'aſſeure que c'eſt icy vn myſte-
rieux ſecret, plus digne qu'il ne
ſemble de la recherche des Curieux.

Or bien qu'il ne fut pas poſſible
que pluſieurs difficultez ne ſe
trouuaſſent en cette langue, ie les
veinquis toutes neantmoins, & fis
ſibien par mes ſoins, qu'en deux
mois ie m'en acquis la connoiſſance. Tellement que i'entendois la
pluſpart des demandes qu'on me
faiſoit, & m'expliquois aſſez bien,
pour y reſpondre , par paroles , ou
par ſignes. A raiſon dequoy *Pylo-*
nas m'enuoyoit querir ſouuent, &

prenoit plaisir à m'entretenir de plusieurs choses, que mes Gardes n'oserent pas me declarer.

Il faut que ie die encore, en faueur de ces gens là, qu'en ma conuersation ordinaire auec eux, ie ne remarquois iamais, ny mensonge, ny fourberie en ce qu'ils me racontoient. Que si ie leur proposois quelque doute, dont ils n'eussent pas enuie de m'esclaircir, ils me le donnoient à connoistre par vn branslement de teste; & auec vn geste à l'Espagnole, ils changeoiët aussi-tost de discours.

I'auois esté là quelques sept mois, quand il arriua que le Grand *Irdonozur* ayant resolu de faire vn voyage à deux cens lieuës du Pa-

lais de *Pylonas*, s'aduifa de m'enuoyer chercher. L'Hiftoire de ce
voyage, & les difcours que nous
eufmes, feront déduits amplemét
dans mon fecõd liure. Vous fçau-
rez cependant qu'il ne voulut iamais parler à moy, ny me fouffrir
en fa prefence, qu'à trauers vne
grille, où nous pouuions neantmoins nous entreuoir, & nous entretenir à noftre aife. Ie luy fis offre de ce qui me reftoit de ioyaux,
qu'il accepta tres-volontiers,& de
bonne grace, me promettant de
les recompenfer par des prefens
d'vne valeur incomparablement
plus grande, & ineftimable.

Ie n'eus pas demeuré là plus d'vn
quartier de Lune, que ie fus ren-

uoyé à *Pylonas*; Et d'autant plus viste, que si nous eussions encore tar-
dé là deux ou trois iours seulemẽt,
le Soleil nous eust atteints, auant
que nous eussions gaigné le lieu de
nostre retraitte. Les dons qu'il
m'offrit, valoient plus que des
Montagnes d'or, & se pouuoient
dire n'auoir point de prix. C'e-
stoient des pierres à nous inconnuës, dont il y en auoit neuf de
trois sortes, par eux communément appellées, *Poleastus*, *Mao-*
crhus, *Ebolus*, & trois de chaque
sorte.

La premiere est de la grosseur
d'vne noisette, & semblable à du
jets. Entre ses autres vertus, qui
sont à peine croyables, elle a cel-

le-cy, qu'estant vne fois eschauf-
fée, elle retient tousiours la chaleur, (& cela sans aucune apparence) iusques à ce que pour la luy
faire perdre, on l'arrouze de quelque liqueur, de qui neantmoins
elle ne peut receuoir aucun de-
chet, quand mesme elle seroit es-
chauffée, & apres esteinte dix mille fois.

L'ardeur de cette pierre est si
violente, qu'elle fait rougir toute
sorte de metail, si on l'en appro-
che de la distance d'vn pied seulement. Que si on la met dans quelque cheminée, elle s'eschauffe
aussi-tost, & rend autant de chaleur dans vne chambre, que si on
y auoit allumé vn grand feu.

La pierre appellée *Macrhus*, de mesme couleur que la Topaze; est beaucoup plus pretieuse que les autres; & si resplandissante, qu'encore qu'elle ne soit pas plus grosse qu'vne febue, si est-ce qu'estant posée de nuit dans quelque grand Temple, elle le rend aussi clair, que s'il y auoit cent lampes allumées.

Peut-on souhaitter en vne pierre de prix des qualitez plus exquises que celles-cy? Nenny sans doute; Et i'ose bien dire que mon *Ebolus* vous produira des effets si rares, qu'ils vous forceront de le preferer à tout ce que nostre terre a de Diamans, de Saphirs, de Rubis, d'Esmeraudes, & d'autres pierres pretieuses, quand bien elles seroiēt deuant vous par monceaux.

Ie ne parle point icy de la *Pierre Lunaire*, ny de sa couleur, qui est si belle, & si esclattante, que le moins curieux feroit volontiers cent lieuës pour la voir. Elle est d'vne forme vn peu platte, de la largeur d'vne Pistolle, mais deux fois plus espaisse, & en l'vn de ses costez d'vne couleur vn peu plus orientale qu'en l'autre. Si vn homme l'applique sur la peau nuë, en quelque endroit du corps que ce soit, il sent par épreuue, qu'elle luy oste toute sorte d'embarras & de pesanteur. Mais quand on la tourne de l'autre costé, elle augmente la force des rayons attra-

ctifs de la terre en l'vn & l'autre
Monde, & rend le corps plus pe-
fant de la moitié qu'il n'eftoit auparauant. Vous ne deuez donc
pas vous eftonner fi ie prife tant
cette pierre, qui a des proprietez
admirables ; & d'autres encore
plus grandes, que i'efpere de vous
déduire, quand ie feray de retour
en noftre Monde.

Ie m'enquis d'eux, s'ils n'auoiēt
point encore quelque autre pierre,
qui peuft rendre vn homme inui-
fible ; & leur dis que plufieurs de
nos Sçauans auoient efcrit fur ce
fujet quantité de chofes affez remarquables. A quoy ils me ref-
pondirent, que fi cela fe pouuoit,
ils ne penfoient pas que Dieu per-

mist iamais qu'vn secret de cette importance fust reuelé à des creatures imparfaites, comme nous sommes. Ioint que plusieurs s'en pourroient seruir à executer de tres-mauuais desseins, & voila sommairement tout ce qu'ils me dirent.

Apres qu'on eût sçeu que le grand Monarque *Irdonozur* m'auoit enuoyé querir, il n'est pas à croire à quel poinct on me considera, & combien d'honneur me fit vn chacun. Mes Gardes, qui m'auoient tenu caché iusques alors l'estat du gouuernement de ce Monde là, me le descouurirent depuis; Et ainsi ie peûs apprendre tant d'eux que de *Pylonas*, ce que ie

vous diray maintenant, qui ne fera qu'vne introduction à la fecon-
de partie de ces Relations dont
vous aurez vn recit plus ample à
mon retour en Efpagne. Car ie ne
fçaurois vous le donner pluftoft,
pour les raifons cy-deuant alle-
guées.

La Continene eft inuiolable-
ment gardée en ce Pays là, où l'on
trouue en abōdance tout ce qu'on
fçauroit defirer pour l'vfage de la
vie, principalement des grains, &
des fruicts de toutes fortes, qui
viennent d'eux-mefmes fans qu'il
foit befoin d'y employer aucun
trauail.

Pour le regard de leur logemēt,
de leurs habits, & de toutes les au-

tres chofes qui leur font necessai-
res, il y eft pourueu par l'ordre des
Principaux d'entr'eux ; A quoy
bien qu'ils n'efpargnent point leur
trauail, c'eft neantmoins auec plaifir, & comme en fe joüant.

Les femmes y font doüées d'vne
excellente beauté ; & ie ne fçay
par quelle conjonéture, ou naturelle, ou fatale, il arriue qu'vn
homme ayant vne fois connu vne
femme, ne defire iamais d'en voir
aucune autre.

Ils ne fçauent ce que c'eft de
Meurtre, & malayfément en peu-
uent-ils commettre, n'y ayant
point de playe qu'ils ne guerifsēt,
quelque mortelle qu'elle femble
eftre. Ils affeurent mefme (& ie no

fuis pas efloigné de le croire) que
quand on auroit ofté la tefte à vn
homme; fi dans l'efpace de trois
Lunes, on prend le foin de la re-
joindre à fon corps, & d'y appliquer le jus d'vne certaine herbe
qui croift là, elle fe rejoint de telle
forte, que la partie bleffée eft parfaitement guerie en peu de temps.

La principale caufe des grands
auantages qu'ils ont, eft que par
vne inclination merueilleufe, qui
fe tourne en habitude, & jeunes
& vieux abhorrent le Vice, autant
qu'ils cheriffent la Vertu, & me-
nent vne vie fi calme, qu'il n'y a
rien qui en puiffe troubler le repos. Il eft vray pourtant, que les
difpofitions des vns font meilleu-

res que celles des autres , felon les influences, ou plus , ou moins fauorables à leur naiffance.

Comme c'eft donc parmy eux vne Loy irreuocable, de ne faire iamais aucun Meurtre; fi par la taille & la mine, ou par d'autres indices du corps, ils remarquent qu'il y en ayt quelques vns naturellement enclins au Vice, ils les enuoyent à la Terre, par vn moyé que ie ne fçaurois dire, & les changent à d'autres Enfans , auant qu'ils ayent le pouuoir ou l'occafion de faire du mal. Mais il ne faut pas fur tout , qu'ils bougent du lieu où l'on les a mis, que l'air de la Terre ne leur ait premierement rendu le tein , d'vne couleur pareillé reille à la noſtre.

Leur retraitte ordinaire , & de
leurs ſemblables, eſt en vne haute
Montagne, au Nord de l'Amerique, n'eſtant pas hors d'apparence
que les Ameriquains ne ſoient dé-
cendus d'eux, puis que la cōjectu-
re s'en tire, tant de la couleur qui
leur eſt naturelle, que de l'vſage
continüel du Tabac, dont ils ne ſe
laſſent iamais, ſoit qu'ils le facent,
ou à cauſe de l'humidité du Pays,
ōu pour le plaiſir qu'ils y prennēt,
ou pour d'autres conſiderations,
qu'il ſeroit ennuieux de rapporter
en ce lieu. Ils eſſayent auſſi quel-
quefois d'imiter à peu prés ce
qu'ils voyent faire aux Chreſtiens
d'Aſie, ou d'Afrique, quand ils ſe

K

rencontrent parmy eux ; ce qui
n'aduient neantmoins que fort ra-
rement. Ie me souuiens à ce propos d'auoir leu, il y a quelques années, certaines Histoires, qui sem-
blent confirmer toutes ces choses,
publiées par les Lunaires, & particulierement vn Chapitre de *Guil-*
laume Nembrige, vers la fin de son
premier liure des singularitez
d'Angleterre. A quoy se rapporte
encore ce qu'en disent *Inigo Mon-*
dejar, au second liure de la descrip-
tion qu'il a faite de la nouuelle
Grenade, & *Ioseph Dosia de Carano*,
en son Histoire de la Mexique.

Ce que i'ay mis en auant, vous
st prouué par des tesmoignages
ces Autheurs, qu'il me suffit de

produire, sans me mettre en peine d'en citer d'autres. Que si ie puis estre si heureux vn iour, que de retourner en mon Pays, ie donneray de si claires demonstrations de toutes ces choses, qu'il n'y aura plus d'obscurité pour elles, ny point d'apparēce de douter qu'elles ne soient tres-veritables.

Mais si vostre curiosité vous porte à me faire encore d'autres demandes, touchant la Police & le Gouuernement de ces Lunaires. Helas! vous diray-ie, qu'est-il besoin de punition exemplaire, où il n'y a point de crime? Il ne faut point là de Loix, puis qu'il n'y a iamais ny procez, ny querele; Estant certain que dés l'instant mefnie qu'on voit germer quelque femence de diuifion, elle eft eftouffée par celuy des Magiftrats, qui en a le foin principal, & qui eft le plus confiderable d'entr'eux.

Il ne faut ny Medecins, ny Legiflateurs en ce Pays là, où les Habitans ne font iamais d'excés, & où l'air eft fi bien tempé   , qu'en quelque temps que ce foit, il ne s'y parle d'aucune forte de maladie. Ainfi quand le temps que la Nature a prefc it à leur vie, eft finy; Ils meurent fans peine, ou fi vous voulez, ils ceffent de viure par l'extinction de l'humide radical, comme vne Chandelle allumée ceffe de luire, lors que le fuif en eft confumé. Ie me trouuay

vne fois à la mort d'vn de leurs
Citoyens, dont i'admiray la Con-
ftance. Car bien qu'il femblât deuoir eftre fort affligé de fortir du
Mõde, où il auoit vefcu toufiours
contant, & de quitter fes amis, fa
femme, fes enfans, & tous fes
plaifirs, fi eft-ce que cette derniere
fin ne l'eftonna nullement. Au
contraire, comme il la vit approcher, il fit apprefter vn magnifique
feftin, auquel ayant inuité ceux de
fes Compatriotes qu'il cheriffoit
le plus, *Courage*, leur dit-il, *mes*
Amis, réjouyffez-vous de mon bon-heur
auec moy, puis que voicy venu le temps,
où ie dois quitter de faux plaifirs, pour
poffeder éternellement de vrayes felu-
citez.

K iij

Ie ne pûs affez loüer vne fi con-
ftante refolution de cét homme
là ; mais celle de fes Amis ne me
fembla pas encore moins louable.
Ils fe réjouyrent tout de bon, &
prirent part au contentement de
leur Amy mourant, fans y appor-
ter ny diffimulation , ny fauffes
grimaffes ; Bien au contraire de
nous, qui la plufpart du temps, en
pareil cas paroiffons triftes fans
l'eftre ; ou fi nous le fommes, c'eft
en effet pour nos interefts particu-
liers, pluftoft que pour aucun regret que nous ayons à la perte de
nos amis.

Leurs Corps ne pourriffent
point apres la mort ; & voila pourquoy ils ne font pas enfeuelis, mais

foigneufemēt gardez en des lieux
exprés; fi bien que plufieurs d'entr'eux peuuent monftrer ceux de
leurs Anceftres en leur entier, fans
eftre nullement corrompus par la
longueur des années.

Il n'y a iamais en ce Pays là ny
vent, ny pluye, ny aucun changę-
ment d'air. Les exceffiues froi-
deurs de l'Hyuer en font bannies,
aüfli bien que les trop ardantes
chaleurs de l'Ffté. Vn Printemps
perpetuel y regne, auec toute forte de contentement, & fans in-
commodité quelconque.

O ma femme! ô mes enfans!
que vous me defobligez de me
priuer de la felicité de ce lieu!
Mais ce qui me confole, c'eft d'apŗ

prendre par ce voyage ; qu'auant qu'il foit long-temps , apres que i'auray finy le cours de cette vie mortelle, i'en iray poffeder vne autre immortelle.

Ce fut le neufiefme iour de Septembre que ie commençay de quitter *El-Pico* , & de m'efleuer toufiours plus haut. Ie fus douze iours en mon voyage , apres lefquels i'arriuay en cette Region de la Lune, que l'on appelle icy *Simiri*, le vingt-vniefme de Septembre fuiuant.

Vn Vendredy douziefme de May , nous arriuafmes à la Cour du grand *Jrdonozur*. Et le 17. eftans de retour au Palais de *Pylonas*, nous y demeurafmes iufques au mois

de Mars de l'an 1601. Ie l'auois in-
ftamment prié plufieurs fois qu'il
me permift de m'en retourner ; &
ce defir fe renouuellant en moy à
tout moment, fut caufe que ie luy
en renouuellay auffi la priere à cette heure, plus ardamment que ie
n'auois fait encore.

Il ne tint pas à luy qu'il ne me
détournaft autant qu'il pût de ce
deffein, m'alleguant pour cét effet
l'extréme peril de ce voyage, la
miferable fterilité du lieu d'où i'e-
ftois venu, & l'heureufe abondance du Pays où ie me trouuois alors.
Mais quelques fortes que fuffent
ces raifons, le fouuenir de ma femme & de mes enfans les effaçoit
toutes ; car à vray dire, i'eftois fi

fort paſſioné de la Gloire , dont
ie me propoſois de jouyr à mon
retour , & que ie croyois auoir ſi
bien meritée , qu'auec raiſon ie
m'eſtimois indigne du nom d'Eſ-
pagnol , ſi ie ne hazardois vingt
vies , quand i'en aurois autant,
pluſtoſt que de perdre l'eſperance
de m'en acquerir la poſſeſſion entiere. Ce qui m'obligea de luy reſpondre, qu'il me falloit neceſſai-
rement reuoir mes enfans , ou me
reſoudre à mourir; & alors m'ayāt
requis derechef , de vouloir du
moins demeurer là vn an ſeulement, il eut de moy pour toute
replique, qu'il m'eſtoit impoſſible
de tarder dauantage ; & que ſi ie
ne partois alors, ie ne m'en irois

iamais; comme en effet ie le con-
jecturois ainſi, à cauſe que mes
oyſeaux, pour auoir diſcontinüé
leur vol accouſtumé, s'en alloient
eſtre perdus, veu meſme qu'il y en
auoit déja trois de morts; de ſorte
qu'apprehendant la perte des autres, j'apprehendois auſſi à bon
droit, qu'elle ne me priuât de toute eſperance de m'en pouuoir retourner.

Pylonas enfin ayant communi-
qué mon deſſein au grand *Irdono-*
zur, ſe reſolut, auec peine de m'ac-
corder ce que ie demandois auec
ſupplication: Cependant, mes oyſeaux, qui ne ceſſoient de baailler,
me donnant à connoiſtre par là,
qu'ils ne demandoient qu'à pren-

dre leur vol, furent caufe que ie
me haftay d'ajufter ma Machine
pour mon partement ; & qu'en
mefme temps, ie pris congé de
Pylonas. Pour toute reconnoiffan-
ce de tant de courtoifies qu'il m'a-
uoit faites, il ne me demanda qu'v-
ne feule chofe, qui fut de luy pro-
mettre fidellement, que fi i'en
auois iamais le moyen, ie faluërois
de fa part E L I S A B E T H , Reyne de la Grande Bretagne, qu'il
appelloit la plus glorieufe de toutes les Dames de fon Siecle. Auffi
la croyoit-il telle en effet, & n'e-
ftoit iamais fi content, que lors
qu'il en parloit, & qu'on luy en di-
foit des nouuelles. Il me donna
pour elle-mefme vn rare prefent,

& qui n'eſtoit pas de petite valeur.
Tellement qu'encore que ie la
tienne pour ennemie de l'Eſpagne, ie ne puis toutesfois me dédi-
re de m'acquiter de ma promeſſe,
le pluſtoſt qu'il me ſera poſſible.

Vn Ieudy vingt-neufieſme de
Mars, trois iours apres mon réueil
de l'aſſoupiſſement que m'auoit
cauſé la clarté de la derniereLune,
ie m'attachay fortemēt à ma Machine, ſans oublier de prendre
auec moy (outre les joyaux qu'*Irdonozur* m'auoit donnez, dont ie
connoiſſois aſſez les vertus, par
les grādes choſes que *Pylonas* m'en
auoit dittes) autant de viures que
i'en peûs porter, ſans incommodi-
té; & ie trouuay depuis qu'ils me

feruirent extremément, comme il
fe verra bien-toft.

Apres que i'eus donné à *Pylonas*
le dernier *Bazo las manos*, en la prefence d'vne prodigieufe foule de
peuple, expreffément affemblé
pour me voir partir, ie lafchay les
refnes à mes oyfeaux ; qui prenans
leur vol d'vne grande ardeur,
m'enleuerent à l'inftant à perte de
veuë : Le mefme m'aduint icy,
qu'à mon premier voyage:ie n'eus
iamais ny faim ny foif, que ie ne
fuffe arriué à la Chine, fur vne
haute Montagne, efloignée d'enuiron trois lieuës de la grande Ville de *Pequin*.

I'acheuay mõ voyage en moins
de neuf iours, fans faire depuis au-

cune rencontre de ces Hommes
aëriens, que i'auois veus en mon-
tant. Comme ie n'eus donc ny cét
obstacle, ny aucun autre embarras, ie fis vne diligence incroyable, dont i'attribuay la cause à mes
seuls oyseaux; car il n'est pas à croire combien estoit grande l'impatience qu'ils auoient, de retourner
en terre, en vne saison où l'attraction de cét Element, beaucoup
plus forte que celle de la Lune, les
hastoit d'aller d'vne façon estrange. Dequoy ie m'estonnois d'autant plus, qu'en ayant perdu trois,
ie ne deuois apparamment esperer
d'aller si viste. Les huit premiers
iours ils tinrent sans cesse le deuãt,
& m'emporterent agilement auec

ma Machine. Mais le neufiefme,
quand ie commençay d'approcher des nuës, ie pris garde qu'elle
s'en alloit infenfiblement fondre
vers la Terre.

Ie me vis alors en vne eftrange
peine, & hors de moy-mefme, de
crainte que i'eus que mes oyfeaux,
n'ayant pas la force de me porter,
pour eftre diminüez de nõbre, ne
fuffent contraints de fe precipiter
en terre, & de m'entrainer par
confequent auec eux. Cela me fit
juger qu'il eftoit temps, ou iamais,
de me feruir à ce befoin de mon
Ebolus; C'eftoit, comme i'ay dit
cy-deuant, vne des pierres qu'*Ir-*
donozur m'auoit donnees, laquelle i'appliquay contre ma chair
nuë,

nuë, & à l'inftant mefme ie reconnus que mes oyfeaux (comme fou-
lagez d'vn grand fardeau) alloient
incõparablement plus vifte qu'auparauant : Ce qui me fût, fans
mentir, vn fecours fi fauorable
au befoin, que fans luy ie n'aurois
iamais peû tomber feurement à
terre.

La Chine eft vn Pays fi peuple,
qu'aux endroits mefme les plus
fteriles, il eft diff. cile de trouuer
la moindre piece de terre en fri-
che, & qui ne foit cultiuée. Ie n'y
eus pas pluftoft mis le pied, que
quelques-vns du Pays, qui m'a-
uoient veu fendre l'air, accouru-
rent à moy, & me faifirent en mefme temps, auec deffein de me cõ-
duire deuãt vn Officier de Iuftice.

Ie me rendis à eux, ne leur pouuãt
refifter : Mais quand ie voulus
marcher, ie me trouuay fi difpos,
qu'apres auoir mis vn pied à terre,
i'auois peine d'y pofer l'autre , à
caufe de la fecrette vertu de mon
Eboles, qui pour eftre appliqué,
comme i'ay dit , fur mon corps,
luy oftoit toute forte de pefanteur
& d'obftacle. Me voulant donc
feruir de cét auantage , ie m'aduifay de faire femblãt d'aller à quelque preffante neceffité de Nature;
Ce que ie leur donnay à connoiftre par fignes, pource qu'ils n'en-
tendoient pas vn feul mot de toutes les langues que ie fçauois parler. Ils me permirent dcnc de me
tirer à l'efcart, à la faueur de quelques buiffons, fur la créance qu'ils

eurent, qu'il me feroit impoſſible
de m'eſchapper d'eux, quelque fin
que ie fuſſe. Tout le contraire arriua pourtant ; car alors me ſouue-
nant des aduis de *Pylonas*, touchant l'vſage de mes pierres, ie les
mis premierement enſemble, auec
ce peu de ioyaux qui m'eſtoient
reſtez de ceux que i'auois apportez des Indes, & les noüay toutes
dans mon mouchoir, à la reſerue
du plus petit de mes *Ebolus*.

Ie trouuay moyen d'appliquer
celuy-cy à mon corps, de telle ſorte qu'il n'y auoit que la moitié de
l'vn des coſtez de la pierre, qui me
touchât à la peau, d'où il aduint
que ie me ſentis auſſi moins peſant
de la moitié qu'à l'accouſtumée.
Alors voyant que mes Gens, qui

L ij

m'obferuoient auec foin, s'en ve-
noient à moy ferrez enfemble, &
qu'ils ne pouuoient croifer, ny
empefcher mon chemin, ie tiray
de longue, & leur monftray pour
m'échapper d'eux, vne belle paire
de talons. A quoy m'obligea particulierement encore le grand defir que i'auois de mettre mes
ioyaux à couuert, me doutant
bien qu'ils me les ofteroient, fi ie
n'y donnois ordre.

Ainfi deuenu plus difpos qu'on
ne fçauroit croire, ie difparus
d'eux fi promptement, qu'ils n'auroient iamais fçeu m'atteindre,
euffent-ils efté montez fur des
cheuaux *Zebras*. I'addreffay ma
courfe vers vn petit bois-taillis extremément touffu, où ie fis vn

quart de lieuë de chemin ; & y
trouuant vne belle Fontaine, que
ie pris pour marque, afin de recon-
noiſtre le lieu , ie fourray mes
joyaux tout contre, dans vn petit
trou, qu'vne taupe, ou quelque
autre beſte y auoit fait.

Tout à meſme temps ie tiray de
mes pochettes, les viures dont i'ay
parlé cy-deuant, auſquels ie n'a-
uois pas encore eu enuie de tou-
cher, & fus tout eſtonné, qu'en
prenant ma refection, ie me vis
pris derechef, & entre les mains
de mes Gens, qui m'auoient ſuiuy
à la piſte.

La premiere choſe qu'ils firent,
fut de me conduire deuant vn des
principaux Magiſtrats ; auquel ils
dirent d'abord, comme ie m'e-

ſtois déja eſchappé d'eux vne fois.
Pour empeſcher donc que le meſme ne m'aduint, on fit faire exprés
vne chaire de bois, où i'eſtois cō-
me enchaſſé, n'ayant de tout le
corps que la teſte libre. Quatre eſ-
claues me chargerent ſur leurs eſ-
paules, comme quelque inſigne
Criminel, pour me mener, à ce
que i'appris, pardeuant vn de leurs
Mandarins, (ils appellent ainſi en
leur langue les principaux Gou-
uerneurs, & Intendans de Iuſtice)
qui ſe tenoit à deux iournées de là
en vn de ſes Palais, eſloigné ſeulement d'vne licuë de la fameuſe
Ville de *Paquin*, que les Chinois
nomment communément *Suntin*.

Bien que ie ne peuſſe aucune-
ment entendre leur langue, ie ne

laiſſois pas pourtant de juger par leur action, qu'ils ne diſoient rien qu'à mõ deſauantage. Leurs principaux griefs me ſembloient eſtre, qu'il falloit aſſeurement que ie fuſ-ſe Magicien, puis qu'on m'auoit veu porté en l'air, contre toute apparence humaine ; Qu'eſtant Eſtranger, comme il ſe voyoit aſ-ſez, & à ma langue, & à mon habit, j'auois violé les Loix du Royaume, en oſant y entrer ſans paſſeport, & que cela ne ſe pouuoit, à moins que d'auoir quelque mauuais deſſein, au préjudice de l'Eſtat.

Le *Mandarin* les eſcouta tout du long, auec vne grauité telle que ſa charge la requeroit ; Et comme il n'auoit pas moins de ju-

gement, que de curiofité pour les
chofes nouuelles, il refpondit qu'il
fçauroit bien donner ordre à cette
affaire là, & qu'vne fi audacieufe
entreprife ne manqueroit pas de
punition. Mais les ayāt renuoyez,
il voulut que quelques-vns de fes
Seruiteurs domeftiques me lo-
geaffent à l'efcart de fon Palais, en
lieu où ils refpondiffent de moy,
& où toutesfois ils me traittaffent
ciuilement. Auffi n'y manquerent-
ils pas; & ie connus par épreuue,
qu'ils firent ma condition beaucoup meilleure, qu'apparamment
ie ne deuois efperer; car ie ne fus
pas moins bien traitté, que bien
logé, fans que ie peûffe me plain-
dre de rien, que de n'auoir pas la
liberté de fortir; Que fi quelque

chofe m'affligea, durant plufieurs mois que ie paſſay de cette forte, ce fut le regret que i'eus à mes *Gan-fàs*, que ie creus eſtre perduës, cō-me en effet elles le furent.

Cependant, ie fus tout eſtonné, que partie par mes foins, partie par l'inſtruction de mes Gardes, i'appris peu à peu la langue de cet-te Prouince là, n'y ayant prefque point de contrée en toute la Chi-ne, qui n'ayt fon langage particu-lier. Ce qui m'eſtoit d'autant plus facile, que ceux qui me la mon-ſtroient, y prenoient vn fingulier plaifir. Il me fut permis enfin de prendre l'air, & d'entrer au grand Iardin du Palais, lieu des plus de-licieux qu'on ſçauroit voir, foit pour la rareté de fes Plantes, & de

ses fleurs, soit pour la diuersité
presque infinie des plus beaux
fruits qui se trouuent en Europe,
& dans les autres contrées les plus
fertiles du monde. A quoy l'artifice des Iardiniers auoit si bien tra-
uaillé, pour ayder les productions
de la Nature, que mes yeux estoiēt
comme enchantez par la contem-
plation de ces objets si charmans.

Comme ie m'entretenois de
ces merueilles, ie vis de bonne fortune, venir à moy le *Mandarin*,
du mesme costé où ie me diuertis-
sois en me promenant. Mes Gardes m'en aduertirent aussi-tost, &
me dirent que i'eusse à me mettre
à genoux deuant luy, coustume
obseruee parmy les Chinois, qui
tiennent cela pour vn hommage

public, qu'ils doiuent aux principaux Officiers de la Couronne.
M'eftant prefterné à fes pieds, ie
le fuppliay tres-humblement de
prẽdre pitié de moy, comme d'vn
pauure Eftranger, arriué là par vne
fecrete ordonnance des Cieux, &
non pas de fon mouuement propre. Il me refpondit en vne autre
langue que la commune, pource
que les *Mandarins*, comme ie l'appris depuis, en ont vne parti-
culiere, à peu prés femblable à celle des Lunaires, & prefque toute
compofée de tons differans, dont
vn de fes Seruiteurs me dõna l'ex-
plication; fa refponce fut, que ie
priffe courage, puis qu'il ne pen-
foit à rien moins qu'à me nuire, &
ce difant il paffa outre.

I'eus ordre le lendemain de m'aller presenter deuant luy ; & pour
cét effet ie fus conduit en vne sale
magnifique, embellie de toutes
parts de rares peintures. A mon
arriuée, ayant commandé que la
Compagnie eust à sortir, il s'entre-
tint long-temps auec moy en langue vulgaire. Il s'enquit premierement de mon Pays, & de ses forces, puis des Mœurs & de la Religion des Peuples qui l'habitoient.
Apres cela, il voulut sçauoir les
particularitez de mon éducation,
la profession que ie faisois, & le
sujet principal qui m'auoit conduit dans vn Pays si esloigné du
mien.

Ce m'obligea de luy raconter
au long mes Aduentures, à la reser-

ue de quelques-vnes que ie paſſay
ſous ſilence, ſur tout à l'égard des
pierres pretieuſes que le grand *Ir-*
donozur m'auoit données. Il fut ra-
uy des choſes que luy dis, où ne
trouuant rien qui ſentiſt la Magie,
dont il s'attendoit que ie luy deuſ-
ſe parler, il me diſt qu'il admiroit
l'excellence de mon Eſprit, & que
i'eſtois le plus heureux homme du
Monde. En ſuitte d'vn ſi long diſcours, il me pria de me repoſer, &
trouua bon que ie me retiraſſe, iuſques à ce qu'il me mandaſt derechef. En effet il prit depuis tant de
plaiſir à me voir, qu'il ne ſe paſſa
preſque point de iour auquel il ne
m'enuoyaſt querir. Il voulut de
plus que ie m'habillaſſe à la mode
du Pays; ce que ie fis volontiers; &

que ie fuſſe en pleine liberté dans
ſa maiſon, & dehors; iuſques là
meſme, qu'allant à *Paquin*, il me
menoit auec luy, & me donnoit
moyen cependant de m'inſtruire
des Mœurs, du Gouuernement,
& de la Police de ces Peuples, dont
ie me reſerue à parler plus au long
dans mon ſecond liure.

Ainſi par mes bons ſeruices, ie
m'acquis non ſeulement la connoiſſance de toutes ces choſes;
mais encore le moyen d'aller reuoir ma Patrie; & par conſequent
ma femme & mes enfans, gages
que i'eſtime ſi pretieux, qu'ils me
ſont incomparablemẽt plus chers
que tous les treſors du Mõde. Car
comme i'allois ſouuent à *Paquin*,
i'appris enfin qu'il y auoit là quel-

ques Peres Iesuites, deuenus fameux dans tout le Pays, pour la faueur extraordinaire que le Roy leur auoit faite, de receuoir d'eux quelques singularitez d'Europe, comme des Horloges, des Monstres, des Compas, & semblables choses, qui passerent toutes dans son Esprit pour des raretez exquises. Ie les fus donc visiter, par la permissiõ du *Mandarin*, & ils me receurent auec autant de ioye que d'estonnement, de voir vn Espagnol en vn lieu si esloigné d'Espagne, & où ils auoient eu tant de peine d'entrer. Ie racontay au Pere Pantoja, & aux autres de sa Compagnie, les Aduantures susdittes, dont ie fis la relation par leur ordre, & l'enuoyay depuis à

Macao, pour estre de là renduë en Espagne, comme Auant-courrière de mon retour.

Cependant, le *Mandarin* continüant de m'estre fauorable, estoit cause que i'allois voir tous les iours ces bons Peres, auec qui ie m'entretenois de plusieurs rares secrets; Et ce fut là que ie posay le fondement de mon retour, dont i'attends l'occasion auec patience, afin que semant vn iour par tout mon Pays le bruit veritable de tāt de merueilles, cy-deuāt cachées, & que i'ay nouuellement découuertes, ie puisse enfin moissonner la gloire, que ie me promets de mes heureuses disgraces.

F I N.

www.ingramcontent.com/pod-product-compliance
Lightning Source LLC
Chambersburg PA
CBHW070844030726
47504CB00005B/1209